○○トアル風景

まるまるとあるふうけい

ノゾエ征爾

白水社

○○トアル風景

目次

装幀――康舜香
カバー写真――ノゾエ征爾

○○トアル風景

［チョークと、チョークで描く壁があればできる演劇］

登場人物

男
女
父
母
ジョギングの続かない女
彼氏？
工場長
妻
穴の底の男
お爺ちゃん
お婆ちゃん
理不尽に服を剝ぐ者たち

「男」は、全ての男性キャストによって、
「女」は、全ての女性キャストによって、入れ替わり立ち替わり演じられる。
「父」は、大半の男性キャストによって、
「母」は、大半の女性キャストによって演じられる。
その他の役に関しては、基本的には固定する方向でよいかと思う。

（初演時のキャスト数・男八人、女五人で今戯曲は進めるが、この人数である必要はない。ただし、それぞれ相当数いることが望ましい。同じ役の役者が入れ替わる際などは、アルファベットで示しておく。たとえば、「男」と「男A」は同じ役の人物であるが、役者が違うということ。）

この作品は、チョークと、描く壁さえあればできます。

舞台は壁で覆われている。
中央奥の壁には、不自然なほどに大きな扉が一枚ある。
他は何もない。

（舞台床中央には、いずれ、穴が出現する）

登場する全ての事物は、チョークによって、壁や床に描かれていく。

つまり、道具類は実物を使用しないものとし（一部例外あり）、演者がエアー（マイム）で扱うものとする。

1　男と女

何もない、誰もいない空間。

男が入って来る。

佇んでいる。

やがて女がやって来る。

（性を意識し始めた男女が初めて出会うかのように）少し照れているかのような様子の男と女。


男は壁に、サッカーボール程の大きさの円を書く。

円はボールとなり（エアー）、男は手に持つ。

男は女にボールをパスする。

女はボールをキャッチし、男に返す。

静かで微笑ましいキャッチボール。

キャッチボールは、やがて徐々に強さを増し、ちょっとしたぶつけ合いへとなっていく。


男は、女との間に、床に線を一本引く。

すると、ぶつけ合いは、ドッヂボールとなる。

男女それぞれ若干数増え、遊びの輪が広がる。
「男」対「女」の勝負が展開していく。

ドッヂボールが白熱してきた頃、
壁にバスケットボールのゴールが描かれる。
バスケットボールの試合が始まる。

やがて、壁にサッカーゴールが描かれ、
サッカー（フットサル）の試合が始まる。
また若干数、人が加わり、サッカーの試合が展開される。

床の中央の線上にネットが描き加えられる。
すると、ネットを挟んで、セパタクローが始まる。

やがて誰かが手を使い始め、
バレーボールの試合が始まっていく。
人が増えている。

床にベースとマウンドが描かれ、
ベースボールの試合が始まる。

人が増えている。

床に小さい穴と旗のついたポールが描かれ、
ゴルフが始まる。
女が一人打ち、そして男も一人打つ。
それぞれのキャディーと、見守る観衆。
お互いホールアウトし、
ナイスゲーム！

歓喜の輪ができる。

男は、壁に「music」と書く。
ピアノの伴奏が流れる。
そうして歓喜の輪は、大合唱となる。
たとえば、「旅立ちの日に」

唄う中、男たち女たちは、壁や床に、日常生活・社会・環境・信仰などに
まつわることを一気に書き始める。
壁と床が、文字や絵などで埋め尽くされていく。

「旅立ちの日に」

白い光の中に　山並みは萌えて
はるかな空の果てまでも　君は飛び立つ
限りなく青い空に　心ふるわせ
自由をかける鳥よ　振り返ることもせず
勇気を翼に込めて　希望の風に乗り
この広い大空に　夢を託して

懐かしい友の声　ふとよみがえる
意味もないいさかいに　泣いたあの時
心通った嬉しさに　抱き合った日よ
みんな過ぎたけれど　思い出強くだいて
勇気を翼に込めて　希望の風に乗り
この広い大空に　夢を託して

今　別れの時　飛び立とう　未来信じて
はずむ　若い力　信じて
この広い　この広い　大空に

唄が終わる頃、空間は文字や絵で埋め尽くされている。

《壁部（「　」は、文字で書かれるもの）》

「男」、「女」、「ケータイショップ」、「不動産」、満員電車、「愛」、「同棲」、「大好き」、「想いやり」、「会話」、テレビ、本棚、鍋、「119」、韓国国旗、山、「揚げ物」、電子レンジ、カメラ、パソコン、洗濯機、冷蔵庫、花瓶、花瓶にささる花（枯れている）、「sex」、打ち上げ花火、「契約社員」、部品工場、控室、ロッカー、床屋の看板、床屋の内装、電源コンセント、電灯、ブレーカー、「一方通行」、回転寿司、太陽、地球、川、雲、雨、火事、人類進化の過程、五人の日本兵、「art」、「sports」、天秤、「good? bad?」、「価値」、「光」、「離婚」、「一丁目商店街」、車のハンドル、携帯の電波柱、テレビやネットの電波、便器、「介護」、「半身不随」、「アダムとイブ」（男女の絵と共に）、「jesus」（十字架と共に）、「信仰」、「ロボット」、「エコロジー」、「テクノロジー」、「エネルギー」、「温暖化」、「排気ガス」、「天災」、焼き鳥、「power to the people」、「ジョギング」、「商売女」、「葬式」、「生死」、「あいさつ」、「ごちそうさまでした」、「自然を大切に」、「The world is mine」、「human」、「humor」、「韓流ドラマ」、「穴」、「スーパー安売り」、「マック」、「ケンタ」、「コンビニ」、スカイツリー、巨大団地、「出身どこ?」、「縁」、「職」、など。

《床部。つまり、作品が進むにつれて、役者の動きにより自然と消えていってしまうもの。（［　］は、絵で描かれるもの）》

［携帯ゲーム機］、希望、レーシック、ヒアルロン酸、［ベッド］、［食卓］、［食事］、醤油、脱毛、セルライト、脂肪吸引、ＡＫＢ、アイドル、ニコ動、ツイッター、フェイスブック、ネイルサロン、スイーツ、ロハス、マクロビオティック、漫喫、ＵＶカット、造顔マッサージ、プチ整形、イクメン、隠れ家的、今

年の流行、パラダイス、理想郷、ボトックス、限定20名様、セシウム、ホットヨガ、携帯小説、アロマ、カラーセラピー、構造改革、事業仕訳、韓流、美脚、総理、アプリ、おサイフケータイ、名子役、最軽量、輝かしき未来、不適切発言、など。

壁がこれらの絵や文字で埋め尽くされた。

奥壁には、「男」、「女」と書かれ、中央で仕切られた箇所がある。男性キャスト、女性キャストは、出番以外の時間、基本的に、それぞれの区画に溜まっていることとする。

登場はその場から行われ、アウトもその場へと行われるものとする。

そうして、とある、男と女の風景が始まる。

2　男と女　生活

○男と女　同棲生活

それなりに長い同棲生活の様子が、壁の絵から窺える。
男と女が座っている。会話もなく、それぞれの生活。
女は、韓流ドラマを見、
男は、携帯ゲームをしている。
テレビの音と、携帯ゲームの音がぶつかっている。
女は男を見る。
男は携帯ゲームに夢中。

○男と女　出会い

轟音と共に電車が入ってくる。
満員電車の車内。
男Bが駆け込む。

電車の扉が閉まる音。
続いて、間一髪で駆け込んでくる女B。
発車する電車。
ふと、女Bの髪が扉に挟まれていた。

男　こっちの扉、しばらく開きませんよ……？

などと、男Bは手助けをし、やがて女Bの髪は救われる。

女　ありがとうございます……。

男　いえ。

と、男Bはようやく女Bの顔を見た。好みだったのか、女Bの顔を二度見三度見する。
満員電車は走り去る。

○男と女　出会い　2

そこは携帯ショップ。
男Cが店員（エアー）の応対を受けている。

店員の声　では、こちらを読んで少々お待ちください。
男　はい。

男Cは、注意書きを読んで待つ。

店員Bの声　整理番号七一番の方、こちらどうぞー。

女Bが男Cの隣に座る。
男Cが女Bに気付き、

男　あ、
女　あ、(気付いて) あ～。
男　あーどうもー。
女　どうもー、今朝はどうもありがとうございました。
男　いえいえ、髪、大丈夫でした？
女　はい。どうもありがとうございました。

店員Bの声が女Bに話しかける。

店員Bの声　こちらですね、旧機種になりまして、お直しに少々お時間をいただくことになってしまいそうなんですけれども……。

女　はい、大丈夫です。

店員Bの声　新しい機種も色々と出ておりますが、

女　このままで大丈夫です。

店員Bの声　かしこまりました。では、ちょっとプレートの在庫の方も調べてまいりますので、少々お待ちくださいませ。

女　はい。

店員Bが去る。

男　（女に）ａｕ？

女　あ、はい、ａｕ。

男　ヒーローー？

女　はい？

男　ヒーロー好きなんですか？

女　え、……あ、ａｕ……英雄……！　ヒーロー……！　ａｕってそういう意味、

男　いやわからないですけど。（笑）

女　（笑）

二人のほっこりとした笑い。
男Ｃは、おもむろに恋の歌を唄う。
スローモーションになる女Ｂ。
女Ｂはそのままアウトしていく。

○同棲当初

男Ｃが、恋の唄を口ずさみながら、床などの寸法を測っている。
女Ｃが後ろからそっと抱きつく。

男　（照れながら）ちょ、なんだよ、おい、

女　（ぼそっと）お腹空いた。

男Cと女Cは、顔を限りなく寄せ合い、極小声で会話を交わす。

男　（ポケットからパンを取り出し、女の口に含ませる）
女　（ぼそっと何かを言う）
男　ん？
女　ううん……。
男　何……？
女　ううん……。
男　子供は欲しい。
女　子供は欲しい。
男　結婚はしたい。
女　んー、まあ、いずれ。
男　うんいずれ。おけおけ（ＯＫ）。
　　料理はー、

女　やれる時にやれる方がやる。
男　んー、ちと自信ない。
女　じゃあ私多めで。
男　じゃあオレ食器洗うわ。
女　ほんとにい？
男　マジ。ガチンコ。
女　なによガチンコて。
男　洗濯はー、
女　私やる。逆に勝手に洗わないでほしい。
男　おけ。まかせた。
女　家賃はー、
男　そこは少し多めに払おうかな。
女　ありがとうございます。
男　楽しい夜はー、
女　まあほどほどに。

男　ほどほど？
女　ほどほど。
男　ほどほどでいいの？
女　（話を変えて）お花いっぱい飾りたい。
男　いいよ？　どんなお花？
女　いろんなお花。
男　いろんなお花？　水いっぱいあげないとだ。
女　いっぱいあげる。
男　君のお花はどう？　水分足りてる？
女　（笑って）気持ち悪いー、
男　気持ち悪い？　どこが気持ち悪い？　ん？　指さして。
女　（男の顔を指す）
男　俺のどこ？　ん？　もっとちゃんとさして。ん？（と、おもむろに女の指をくわえる）
女　（笑って）ちょっとー。

男　（指をくわえながら）何の味だろこれは。ん？　何の味？　言ってごらん？

トイレの水が流れる音。
トイレのドアの開く音。
二人は慌てて体を離し、不動産屋の話を聞く。

不動産屋の声　すいませんでしたぁ、逆に私がお手洗いお借りしてしまって。いや、でもお手洗いも快適ですねー。良かったら使ってみてください。どうですかねー、いいと思いますよー。この条件でこの値段は、正直初めて見ました。私が借りたいくらいです。あ、ベランダ、まだご案内してなかったですね。ベランダ見ちゃうともう決まっちゃうかなあー……。

などと。
男Cと女C、不動産屋に付いていく形で去っていく。

○食事

男Dと女Dが、部屋で食事をしている。
（床に描かれた「食卓」と「食事」の上で）

女　ごめん、ちょっと味薄かったね。
男　そう？　大丈夫だよ？
女　少し醤油かけるわ。（かけて）いる？
男　平気。全然美味しいよ。と言うか、ご飯作ってもらえるだけで幸せです。
女　（食べて）うん、醤油ちょっと入れた方がいいと思うけど。
男　いや、十分美味しいから。（と言いつつ、女が目を離した隙に、サッと醤油をかける）おかわりある？
女　ちょっとしかないわ。
男　（鍋の絵の所へ行き）食べちゃって大丈夫？
女　優しいから全部あげる。

男　えー食べなよ。
女　じゃあ、一口だけ。
男　はいよ。（女のお皿に盛る）
女　サンキュー。
男　（立ったまま食べてしまう）
女　ちょっと、行儀悪い。
男　あぁ、美味しかった～。ごちそうさまでした。（と、カメラを持ってくる）
女　何撮るの？
男　美味しかったから。（食卓にカメラを向ける）
女　何撮るの？　食べ終わったじゃない。
男　美味しくて食べ終わった写真。はい、入ってるよ。
女　いいよ、撮らないでいいよ。
男　いくよー、２、１、
女　（ものすごく変な顔をする）
男　（ビク）おいなんだ今の……なんだ今の……。

女　（平然として食べている）
男　（画像を再生して）こわ……。……前はこんな顔、絶対見せなかったのに……。
女　なんだか韓国行きたくなってきた。
男　なぜ？
女　行ったことないから。

鳥や木々のざわめきなど、山の中で聞こえる音。
女Ｄはアウト。男Ｄは女Ｅと合流する。

○韓国旅行

男Ｄと女Ｅが、リュックを背負い、息を切らして歩いている。
行きかう人々と韓国語で挨拶を交わしている。
アンニョンハセヨー。

女　韓国で山登りするとは思わなかったね。
男　異国って人を狂わせるな。

女　「韓国で何したの？」
男　「山登り。」
女　聞いたことない。
男　異国は人を狂わせる。
女　（通行人に）アンニョンハセヨー。
男　ハセヨーは違うだろ。
女　きゃあ！

女E、悲鳴と共に崖から落ちる。
男D、咄嗟に腕を伸ばし、女Eを掴む。
どこかのCMのような光景。

男　く……！
女　くー……、

限界ギリギリで踏ん張る二人。

男　……昨夜……キムチたくさん食べて……、
女　良かったああああ！
男　イッパーツ！（女を引き上げる）
息を切らして抱き合う二人。
女　（高揚感のまま）夏、実家行こうね。
男　ど？
女　実家の花火を、あなたに見せたい。
打ち上げ花火の音。（打ち上げ花火の絵に明かり）

○実家の花火

花火が上がる方へ、女Bが男Bの手を引いて歩いていく。
立ち止まり、キスをし、また歩いていく二人。
花火なんて最早あまり目に入っていないかもしれない。
ヒュ〜〜ン……パンパン……！

○事故

女Aが、台所で揚げ物をしている。
油がクックツ音を立てている。
女Aの袖に、火が引火する。
………!
女Aは落ち着いてパタパタと火をはらう。
女Aは徐々に焦る。
火の勢いは増し、女Aは、体で燃える火から逃げ回る。
逃げ回る、逃げ回る、逃げ回る……!
やがて女Aは、ゆっくりと倒れていく。

救急車の音。

病院にて、女Aが寝ている。
男Fが急ぎ足にやって来る。

男　ごめん……!　打ち合わせで……。

男Fは、女Aを見るなり泣き崩れている。
女Aは弱弱しく口を開く。

女　泣かないでよー……。
男　良かったー……。死んだかと思ったー……。
女　そんな簡単に死なないよ……。
男　良かったー……ごめんな……。
女　ううん……。仕事だもんね、仕方ないよ……。
男　ごめん……。
女　でも、片乳、ただれちゃった……。
男　……いいよそんなの……。
女　乳が一個でも、ちゃんと楽しいことしてね。
男　するよするよ。
女　最近少なくなってきてるよ?
男　するする。一個集中口撃する。今のコウゲキのコウは、口な。
女　気持ち悪い……。

男　でも本当、良かったー……。
女　お互い、先に死ぬのやめような。
男　お互いってのは無理だよ……。
女　無理ではないよ。
男　怖いこと言わないでよ……。
女　死のう。世の中色々と怖いし、さっさと一緒に死のう。
男　……簡単に死ぬとか言わないでよ……。
女　……ごめん……。
男　（泣く）
女　……どしたの？　ごめん……ごめんて……。

女Aは、ただただ泣いている。
男Fもつられて泣くが、女Aの涙とは種類がどこか違う。
女Aは、まだまだ泣いている。

○食事　2

男Gと女Cが食事をしている。
男Gはカメラをいじりながら片手間に食べている。
静かな食卓。

女　明日、久々の休みだわ。

男Gは聞こえていない様子。
少しして、

男　ん……？
女　……ううん。

カメラをいじる男。

男　明日は……？
女　……。
男　仕事早いの……？
女　……。ワイン飲む？
男　いい。

女Cはワインを開け、飲んでいる。
男Gは、ふと、食事の具を取り出し、

男　お願いだからニンジンの皮くらいちゃんと剝いてくれない？　すぐでしょ？

女　はいー……。

女Cはやがて、酔っぱらって寝てしまう。
やがていびきをかきだす。

男　るせーな……。

男Gは、女Cを乱雑に引きずっていく。
男Gは元いた場所に戻り、再びカメラをいじっている。

○花が枯れている

別の日。
女Dが帰宅してくる。

女　ただいまー……。
男　お。お帰り、乗れたんだ、新幹線。

女Dは、持ち帰った荷物などを整理している。

男　向こう、雪大丈夫だった？
女　（応えずに）枯れてるんだけど。

と、壁に描かれた花瓶と、枯れた花を見ている。

男　あ、ごめん……。
女　もおおおおお……！
男　ごめん、忘れてた……。
女　なんなの？　ほんとに。
男　ごめんて。
女　（強いため息）

女Dは、枯れた花を処理している。（枯れた花を消す）

男　……。

男Gが去り、
男Hが、新たな花を花瓶の脇に置く。（花を描く）

男　はい。
女　なにそれ。
男　いや、この前枯らしちゃったから。
女　いらないよ。
男　ごめん。気を付けるから。
女　いらない、返してきて。

男　なんでだよ。
女　（応えない）
男　ちょっとさー、せっかく買ってきたんだからさー。
女　そういうことじゃないじゃない。わからない？　代わりがあれば済むこと？　違うでしょ？

男Hは、立ちつくしている。

女　え、何してるの？　早く返してきな？　また枯れちゃうよ？

男　ほんっと性格悪いなっ。

女　え、なんて？　何が？　どっちが？　は？

男　マジでよー。

女　何怒ってるの？　馬鹿じゃないの？　何してるの？　早く返してきなよ。

男Hは、花を花瓶に生ける。（花の茎を花瓶に伸ばす）

女　ちょっとー、何してるのよー。やめてよ、いらないから本当に……！

と、男Hから花を取り上げようとする。
男H、瞬間的に爆発し、つい花瓶を叩きつける（花瓶に亀裂を描く）。パリン！

男　おあ！

女　は？　馬鹿だ。自分でプレゼントした花瓶、割ってやんの。もったいなーい。片付けてねー。

男　……。

男Hは、女Dとの間に線を引き、空間を分断する。
男Hは壁にボールを描き、手に取り、女Dにぶつける。
女Dは一瞬たじろぐも、思いっきり投げ返す。
男と女、それぞれ複数出てくる。
怒号と共に、冒頭のシーンのような、激しいドッヂボール戦争が繰り広げられる。
やがて、男が一人、女が一人、床に座り、残りの争いをしていた人々は去り、

○男と女　現在

先のシーンと同様の形で、
男は携帯ゲームをし、女は韓流ドラマを見ている。
やがて女は、テレビの前から立ち、
壁に描かれた、二人の生活にあったものたち、情感や思い出や、家具など

を消していく。（「ケータイショップ」、「不動産」、満員電車、「愛」、「同棲」、「大好き」、「想いやり」、「会話」、テレビ、本棚、鍋、「119」、韓国国旗、山、「sex」、打ち上げ花火、「ごちそうさまでした」、電子レンジ、カメラ、洗濯機、冷蔵庫、花瓶、「韓流ドラマ」など）

○ジョギングの続かない女

全身をジョギングファッションで身を包んだ女。
無様に必死に走っている。
不意に、壁に伏せて泣き始める。
彼氏？が心配そうに見ている。

ジョグ女　私は生きる価値なんてないんだよ。
彼氏？　価値がない人なんていないよ。
ジョグ女　私がこの世にいる価値なんてないんだよ。
彼氏？　価値がない人なんていないよ。
ジョグ女　じゃあどういう価値があるのよ。
彼氏？　俺が必要としているよ。

ジョグ女　あんたに必要とされていたって、なんの価値もないよ。
彼氏？　なんて酷いこと言うんだよ。
ジョグ女　酷くなんかないよ。酷いのはこの世の中だよ。
彼氏？　世の中は酷くなんかないよ。
ジョグ女　酷いよ。酷いに決まってる。
彼氏？　なにが酷いのさ。
ジョグ女　腐ってる。
彼氏？　なんてこと言うんだ。
ジョグ女　夢も希望もない。
彼氏？　夢も希望もないのは君だろ？
ジョグ女　私はあるよ。
彼氏？　どんな。
ジョグ女　あっち行ってよ。
彼氏？　わかったよ。（去る）
ジョグ女　（焦って）どこ行くの。

彼氏？　先帰る。
ジョグ女　帰って何すんの。
彼氏？　テレビ見る。
ジョグ女　今日、何曜日。
彼氏？　日曜日。
ジョグ女　……もしかしたら帰るかもしれない。

彼氏？は去り、ジョギングの続かない女は、また泣いている。
ふと前を向いて話し始める。

ジョグ女　ジョギングが続かない。
走っているうちに、走っている理由がわからなくなる。
ジョギングが続かなくて何が続くと言うのだろう。
単なるジョギングが続かなくて、人生のジョギングをいかほど走れる
と言うのだろう。
せめてあの川まで走りたい。

ジョギングが続かない。（泣く）

そうして、前方を見据えたまま、ゆっくりと去っていく。

3　喪失

○男の勤務先

女は、変わらず壁の文字や絵を一つ一つ消し続けている。
携帯ゲームをしていた男、立ち上がり、職場である部品工場の控室にやって来る。

男　おはようございまーす。
ロッカーを開ける。ガタン。
自分の制服がないのか、

男　あれ……？　洗濯してんのかな……。
工場長の声　あ、君、ちょっといい？
男　あ、あの、制服、洗っているんですか？

工場長の声　うん、ちょっといい？
男　あ、はい。（挨拶をし忘れていて）あ、おはようございます。

男は、工場長の声の方へと去っていく。

○工場長室

男Bが工場長のあとについて入って来る。
クビを宣告されたようだ。

男　ボクがですか？

男Bは呆然と立ち尽くしている。

男　こんなに、会社に尽くしてきたのに……。
工場長　その会社のためなんだよ……。
男　でも、なんで……。言ってはなんですが、僕、社員さんより、
工場長　いくら君がやれると言っても、会社としては、社員を優先しないわけ

にはいかないの。契約社員と正社員がいる。どっちかを切らないといけない。それは契約社員でしょ。

男　でも、

工場長　カメラマンを目指すのは目指していていいけど、就職もした方がいい。よくその状態で絶望せずにいられるなと思う。はっきり言って。

男　絶望って……。

工場長　もう一つ言うよ。

男　はい……。

工場長　お先真っ暗だよ。俺が君ならお先真っ暗。

男　なんでそんなこと言うんですか。

工場長　じゃあ君に光はあるのか。光を見ようとはしているのか。していないよね。

男　なんでそんな、

工場長　辞めなさい。辞めて、グッと。グッとした光を見つけなさい。

男　（痛切に）お願いだ……光を見つけてくれー……！　くすんでいる若

者を見るのはコリゴリだー……！

男Bは立ち尽くしたのち、その場を去る。
工場長は、ゆっくりと、壁にロープを描く。
ロープの線を既に描かれていた○に繋げる。（首吊りのロープとなる）
工場長は、ロープの輪に手を伸ばし、顔を近づけていく。
全身がガタガタと震えている。
ロープに頭を通すことすらも出来ずに、泣いて去っていく。
奥の大きな扉の前で、行き止まり、地に沈む。

○穴に落ちる

男Cが、怒りのやり場のない様子で帰宅してくる。

男　ふざけんなよ……どうして俺がクビなんだよ……！

玄関のドアを開け、部屋に上がる。

男　いるー？　でかけてるー？

部屋に座り、男Cはやがて気が付く。
さっきまで部屋にあった、多くの家具や情感がなくなっている。
(女はすでに消し終えている)
あれもない、これもない。
男Cの動揺は、徐々に大きくなっていった。

男　お、お、お……、おおおおお……おおおお……。

男C、不意に、地面の穴に落ちる。

男　おおおおおおおお！

○穴の底

別の場所。穴の底。
穴に落ちた瞬間の男D。
残りの人々で、瞬時に穴の底の壁となる。
男Dは、落ちたという事態も飲み込めないまま、パニックを見せている。

男　おおおおおおい！　誰かあああああああ
おおおおおおお……
おおおおおおおおおおおおおおお……
誰かあああああああ……！

不意に背後から声がかかった。
スーツ姿の「穴の底の男」。

穴の底の男　大丈夫ですか？
男　うわああ！　……え、え、え……、え？　え？　え？
穴の底の男　大丈夫ですか？
男　え、何？　なんだ？　なんですか？
穴の底の男　お怪我ないですか？
男　え、え、え、お、お、お、落ちたんですか？
穴の底の男　落ちました。落ちましたね。
男　あ、あなたは……？

穴の底の男　だから落ちました。

男　えー……。なななんなんですかここは。

穴の底の男　穴ですよ、だから。

男　え、いつ落ちられたんですか？

穴の底の男　どうでしょう……もう、結構、前ですね……。

男　えー大丈夫なんですか？

穴の底の男　まあ……、何をもって大丈夫と言うかですけど、いかんせん出られないんですよね。

男　大丈夫じゃないじゃないですか。出ましょうよ。おおおおおおい！

穴の底の男　いや、これは厳しいですよ。レベルで言うと、ほぼ無理のレベルです。私も結構頑張りましたけど、やっぱり無理でしたもの。

男　（穴の男の話をあまり聞いている余裕がない）あ、非常用の、

男D、キーホルダーに付けていた非常時用の笛を吹く。

ピイイイイイイイイイイイイイイイイ!!

穴の底の男　うるさい‼　うるさいよ馬鹿野郎‼

男　……すいません……でも、助け呼ばないと……。

穴の底の男　助けなんて来ねーよ馬鹿野郎この野郎。こっちはどんだけここにいると思ってんだ馬鹿野郎。ここでは俺が先輩だぞ、わきまえろ馬鹿野郎。友達みたいに接しやがってこの野郎。

男Dは、耳を貸す余裕もなく、携帯を取り出す。

穴の底の男　電波なんて入るわけねーだろ馬鹿野郎。穴の底だぞここは馬鹿野郎。

男　あ、もしもし、

穴の底の男　いーー。（男の携帯を見て）d、o、c、o、m、o。あー、ドコモやっぱ強いなー。

男　遅くにごめんね。あのさ、なんか、彼女が出ていっちゃってさ。あ、仕事中？　ごめんごめんごめん、また電話するわ。はい。

せかせかと電話を切り、また別の人にかける。

男　あーごめんごめん、いま平気？　あ、忙しい？　ごめん、うん、じゃ、
　またあとで。はいはい、すいません。

電話を切る。
次にかける人を探しながら、ブツブツ言っている。

男　なんだよー……忙しくても助けてよー……友達と仕事どっちだよー
　……。

また別の人にかける。

男　（相手が出ない）出ろよー……！

時間の経過。男Dと男Eが入れかわっている。
穴に落ちた男Eが、電話を片手に疲れきっている。
時間としては、夜を過ぎ、朝となった頃か。

男　あ、おはようございます。朝早くにすみません、起こしてしまいまし
　た？　大丈夫でした？　すいません。あの、お母さま、すいません、

あのですね、あのー、娘さんが、ちょっと家にいなくて……。いやあの、犯罪とかではないと思います。ないです。はい。はい、まあ、喧嘩というか、そうですね、はい。でそのー、家具とかも色々と持って行ってしまってて。いえ、ボクは全然大丈夫なんですけど……。はい、何度か電話してるんですけど、チャッキョくらっちゃって。いえ、「チャッキョ」、「着信拒否」。はい。できるんですそういうの。あの、もしそちらに、連絡か、何かありましたら、すいませんけど、ちらっと教えていただいてもいいでしょうか？　すいません。いえいえ、ボクが悪いんで、はい、すいません、あ、そろそろ電池やばいんで、失礼します。あ、この前、みかんや缶づめ、どうもありがとうございました。はい、美味しかったです。はい、じゃあ、すいません、失礼します。（電話を切る）

穴の底の男　ところで君はさっきから何の電話してんの？　助けも呼ばずに。

男　もう充電ないす……。

穴の底の男　はあー？　マジかこいつ。アホだ。そら穴に落ちるわけだよ。アホだ。

男　アホ一匹。
(殴る) うるせえええよおめえええええ！　なんなんだよおめえはよお
おおおおお！　もうなんなんだよ一体よおおおおお!!

男E、がむしゃらに壁に立ち向かう。登っていく。
地上。
穴から、男Fが、ドロドロになって這い出てくる。
顔をうずめ、ゼエゼエ息を切らしている。
商売女の声がかかる。

商売女の声　兄さんどう？　安くしとくよ？
男　(唐突に怒鳴る) 何が安いんだ！　あ!?　何が安いんだ！　お前が安い
のか！　お前が安いのか！　お前の値段はなんだ！　なんの値段だ！
お前は俺ごときに安くなるのか！　俺ごときで自分を安くすんのか！
なんだそれは！　お前はなんなんだ！　なんなんだって聞いてんだオ
ラああ！
消えろ！

（歩き去る。すぐに戻ってくる）

いくらだ！

男Fは、淫らな声と共に壁に力強く書く。

「FUCK　SO　HARD」

果てる男。沈む。

男　ちくしょーーーーー……………………

○一方、女は

スーパーの安売りの声が響く。

女Aが買い物をしている。

どこか虚ろな表情。

男に似た人物が通り過ぎる。

女Aはなんとなくあとを追う。

スーパーを出て、街に出て、追う、追う、追う。

不意に穴に落ちる。

あああああああ！

穴の底。

女Bが落ちている。

穴の底の男が登場。

穴の底の男　来た！

女Bは、悲鳴と共に穴の底の男を滅茶苦茶に殴る（壁に、穴の底の男を押し付け、「殴」と書く）。

そしてすぐに、穴の壁に立ち向かい、登っていく。


地上。

女Aがすぐに穴から上半身を這い出す。

様々な思い。息を切らし、涙を流す。


穴の底では、殴られた穴の底の男も泣いている。

穴の底の男はおもむろに、頭上に残っていた女の片足を掴む（壁に女の片足を描き、それを摑む）。

女　ひや！
穴の底の男　行かないでください……。どうか……行かないでください……。

女の足（絵）を摑む穴の底の男。
穴の下で足を摑まれ、身動きのとれない女A。

一方、
うなだれて彷徨う男G。
FUCK　SO　HARDの文字をかき消す。
そして、壁に、残ったモノ、失ったモノを、苦悶と共に眺めている。
悲しげに「職」の文字を消す。
そんな男Gを、理不尽に襲う者たちがいる。
男Gは訳もわからないまま、着ていた服を上下盗まれていく。
男Gはランニングにパンツという下着姿で立ちつくしている。

男　……ううう――……

男Gは、重力に屈するかのように、床に沈んでいく。

そうして、
ズズズ……と、
床を這っていく……。

男Gは、以降、ゆっくりと、長い時間をかけて、地面を這うのである。

床に描かれた絵や文字は、男Gの這う行為によって、こすられ、消えていくこととなる。そして、男Gが着ている下着もまた、それらのチョークでどんどんと汚れが積もっていく。

○ジョギングの続かない女　～親友～

無様に必死で走るジョギングの続かない女。

程なくして、息を切らして止まる。

ストップウォッチを止め、前方に向けて、悲しげに語る。


ジョグ女　昨日のこと。

親しい友達に聞かれた。

「親友っている？」

「あなたも親友だし、もう何人かいるよ？」

「じゃあ、臓器提供できる相手が親友だとしたら、何人いる？」

一人もいなかった。

親友が一人もいないなんて、なんて辛い世の中なのだろう。

泣きながら前方を見据えたまま、ゆっくりと去っていく。
彼氏？がタオルを持って迎える。

ジョグ女　あっち行ってよ！

彼氏？にタオルを投げつけ、去る。
彼氏？は悲しげに前方を見る。

4　這う

男Ｇは地面を這い続けている。

○穴の底の男

穴の底の男は、女の足を摑んだままである。

穴の底の男　放さないでもいいですか。
女　放してください……。
穴の底の男　放したくないんです。
女　お願いです、放してください。
穴の底の男　……僕のお願いは、行かないでください、です。
女　お願いします。放してください。
穴の底の男　僕こそお願いです。行かないでください。

女　なんなんですか。誰か呼びますよ？

穴の底の男　誰かって誰ですか。

女　誰かですよ。

穴の底の男　その「誰か」は果たしているでしょうか？

女　何言ってるんですか？　誰かあああああ！　誰かあああああああ！

助けてくださあああああい！

穴の底の男　誰か、助けてくださいって、そんな自分都合なことまかり通りませんよ。

女　誰かああああああ……！

穴の底の男　呼びたいだけ呼べばいいです。どうせ誰も来ませんから。

女　誰かあああああ……。

男Gは地面を這い続けている。

○工場長は嘆く

別の場所。

工場長と妻。

工場長はうなだれている。

ここで妻と書かれたその者が、果たして妻なのかどうかは見た目からは判断できかねる。もしかしたらシスター的な人ともとれるかもしれない。

工場長　俺は病気だ。
妻　なんて？
工場長　病気だって言ったんだ。頭がおかしい。
妻　どうしたの？
工場長　一番成績のいい契約社員を、クビにしてしまった……。（泣く）
妻　まあ……。
工場長　理由なんて何一つないのに。
妻　ないことはないんでしょ？
工場長　ああ、ないことはない。腹が立つんだ。最も夢と希望で満ち溢れているべき年頃なのに、誰でもできる部品の組み込み作業を毎日毎日……。誰でもできるんだ、あんな作業。スピードの差こそあれ、誰で

もできるんだ。くすんでいる。目がくすんでいるんだ。あの、くすんだ目が、あのくすんだ目に、犯されそうで……。（泣く）

妻　後悔しているの？

工場長　してなくはない。

妻　はっきりしなさいよ。

工場長　何をだよ。

妻　後悔をしているのかしていないのか。

工場長　している。

妻　じゃあ謝りなさい。

工場長　なぜ俺が謝らないといけない。

妻　理不尽にクビにしたのでしょ？

工場長　理不尽ではない。彼の輝かしき未来のためだ。

妻　でも、仕事上での理由はないのでしょ？

工場長　ない。むしろ納品ペースが大幅ダウンだ。

妻　じゃあなぜ？

工場長　だから、彼の輝かしき未来のためだ。
妻　辞めたら輝かしき未来があるの？
工場長　わからない。
妻　あなたの勝手な考えでしょ？
工場長　そうかもしれない。
妻　その人は、仕事が失くなって食べていけるの？
工場長　絶対無理だと思う。（泣く）
妻　可哀想……。
工場長　うん……。
妻　謝ってきなさい。あなた自身のためにも、まず謝るところから始めなさい。病気かどうかは、それから調べましょう。
工場長　……。

工場長は、おもむろに妻に手を上げる。
妻は呆気に取られている。
工場長はさらに手を上げる。

妻　何するの？　え？

無様な小競り合い。
大人げない喧嘩。
工場長は足早に去っていく。
あとを追う妻。

男Gは地面を這い続けている。

奥の壁に「父」と書き、父Aがやって来る。

5　父

○父　床屋にて

様々な時間帯の「父」が、順に登場し、壁に時間を記し、それぞれの時間を過ごす。様々な時間帯の「父」が同居する。

朝六時。
父Aが床屋の開店準備。
シャッターを開け、表の掃除。水撒き。

父B　一三時。
テレビを見ている。
出前が来る。
ラーメンを一人食べる。

父C　一五時。
うとうとしている。

父D　一七時。
テレビを見ている。
父E　一九時。
閉店にとりかかる。
店内のコンセントを抜き、懐中電灯を灯し、ブレーカーを落とす。
シャッターを下ろす。
父B〜Eは去る。

○父　帰路、焼き鳥を買う

商店街の喧騒。（役者で表現してもいい）
商店街を歩く父A。
焼き鳥を買う。

父　シロ、ハツ、レバー。塩で。……（耳を傾け）え？　グエムル？　グエムル？　いや、（大きく）塩で。
父は少し耳が遠いようだ。

○父　帰宅

焼き鳥の袋を持った、父Ｅが帰宅する。
部屋の電気を点ける。
テレビを点け、床に座る。
買ってきた焼き鳥を食べる。
父Ｄ、Ｃ、Ｂ、Ａと、順に入って来る。
並んで、テレビを見る。
いつも決まった姿勢で、変化のない生活を送る父。
やがて全員、うとうとと寝ている。

ずっと地面を這っていた男Ｇが、
起き上がり、父の部屋のテレビを消す。
なんで消すのだと、目を覚まし、一斉に怒鳴る父達。
寝ていたじゃないかと反論する男Ｇ。
怒鳴り続ける父達。
父達の猛攻に男は観念し、テレビを点ける。
父達はすぐに静まり、再び船をこいでいる。

そうして、男Ｇはまた、地面を這っていく。

奥の壁に「母」と書き、母がやって来る。
テレビの前で寝ていた父の一人が立ち上がり、母と肩を並べる。残りの父たちは去る。

6　父と母

○父と母の別れ

父と母が立っている。
静かに話し始める。

母　もうね、色々とね、あったよ。
父　……。
母　話すこともなくなっちゃったね。
　　昔のことしか、話すことなくなっちゃったね。
父　……。
母　子供たちも、もう大丈夫だろうしさ。
父　……長男はちょっと心配だけど……。

母　長男は、大丈夫よ。長男だもん。長男やりきったくらいだもん。
　　たいてい大丈夫よ。
父　どうだかな……。

間

母　ね、どうしようかね。どう？　大丈夫？
父　……店はどうするの……？
母　大丈夫でしょ？　私いなくても。もう忙しくないわけだし。
父　お前はどうするの。
母　お店開こうと思って。美容院。
父　一人で？
母　友達と。さっちゃん。さっちゃん、旦那さん亡くなって、遺産もあるし、今、やる気が湧いちゃってすごいのよ。
父　んー。（曖昧な返事）
母　さっちゃんが誰かわからないんでしょ。話聞いてないもんねー。

父　……聞いてないってことはないけど……。
母　聞いてないよ。
父　……。

間

母　子供たちには、どう言おうかね。
父　うん……それぞれで言う？
母　いや、ちゃんと四人で会って話した方がいいでしょ。子供たちの帰って来れる日、合わせてみる。
父　わかった……。

○離婚

父B、母B。
父Bが離婚届けを書き終える。
（壁の「離婚」の文字に、「届け」を付け足す）

母　はい、じゃあ、もう湿っぽいのはナシね。お金はきれいに半分こ。家は要りません。それでいい？

父　はい……。

母　お互い健康でいましょうね。

父　はい……。

母　この後の人生、長いんだか短いんだか、わかんないけど、楽しみましょうね。せっかく人生の大博打打ったんだから。

父　はい……。

母　ちょっとー大丈夫なの？

父　大丈夫……。

母　それと、お互いの葬式には顔を出すようにしましょ。お互いというのは無理だけど。

父　はい……。

母　何よさっきから、はいはいって。（笑）

静かな間。
母Bは父Bを見つめ、
父Bはうつむいている。

母　（お辞儀）長いことお世話になりました。

父　（お辞儀）こちらこそありがとうございました。

母　……じゃ、お元気で。

父　お元気で……。

母　（握手の手を差し出す）

父　……。

父B、無言でその手を握る。
お互いの手を握ったまま、長いような短いような時間が流れる。手の感触から、相手との、あまりに多くの事柄が思い起こされているのかもしれない。
そんな二人の間を、出会った頃の父と母が足早に横切る。

○その昔、父が母にプロポーズ

父Cと、母Cが向き合って立つ。
父Cは、緊張でひどくそわそわしている。
母Bは去り、父Bはその様子を見ている。

母　（嬉しそうに）なーにい？　なんですかあ？

父　いえ、あの……、あなたとお会いできて、お会いできたことは、お会いできた上に、短いながらもこうしてお付き合いさせていただいて、神様がもしいらっしゃるとするならば、それは、本当、ああ、神様はいらっしゃるのだなと、神様に感謝して、神ちゃ、神ちゃ、

母　（笑って）なんですか？

父　あ、いえ、ですから、その、初めてあなたとお会いした時、僕は、あなたの、いや、僕は、学生運動にも参加せず、学生運動を傍観し、いわゆる学生であり、あなたはと言うと、学生であり、えー、

母　ねえ。

父　はい。

母　私と結婚してください。

父　（流れで）ハイしましょう。あ！

母　右も左もわからぬ小娘ではございますが、宜しくお願いいたします。

（お辞儀）

父　はい!!（お辞儀）

ウエディングファンファーレが流れる。

二人は腕を組み、ゆっくりと行進していく。

神前式の雅楽の音に切り替わる。神妙に歩いて行く二人。

男Gは地面を這い続けている。

プロポーズ当時を思い出していた父B。

朝。自分の床屋に出勤する。

シャッターを開ける。

下着姿で這っている男Gを見つけ、

父　……長男……？　おい、どうした……。

……お前……、裸じゃないか。

○穴の底の男　2

女は女Bにチェンジしている。

穴の底の男　僕、女の人を初めて捕まえました。
女　普通は一度も捕まえません。
穴の底の男　僕、女の人をずっと待っていたんです。この穴の小さな入口から、女の人が落ちてくるのをずっと待っていたんです。あなたが落ちてきた時、神様はいるんだと思った。でも僕は今、とんでもないことをしています……。……ごめんなさい、ごめんなさい……。
女　大丈夫です。大丈夫ですから放してください。
穴の底の男　……できません。
女　はい？
穴の底の男　今、あなたを放したら、あなたはきっと誰かに言うでしょう。警察か、もしくは得体のしれない強大な権力に俺は弾圧されてしまうでしょう。

女　言いませんって。

穴の底の男　それをどう信じればいいんですか？

女　信じて、と言うしかできませんけど。

穴の底の男　信じないね。

女　なんで。

穴の底の男　信じて得したことないですから。

女　どういう人生ですか。

穴の底の男　……今馬鹿にしましたよね。

女　してません。

穴の底の男　どうせあんたにはわかんねーよ。たらたらゆらゆら生活しやがってこの野郎。

女　私の何を知っているんですか。

穴の底の男　何も知りません。

女　じゃあ、そんなこと言わないでください。

穴の底の男　あなたのことを何も知らないから放せない。信用のしようがない。

女　……。

穴の底の男　僕ら、完全に……ハマっちゃいましたね。あなたのことを放してあげたいのに、放すことができない……。

女　放してください。

穴の底の男　終わりのないグルグル。トラップのない生活はどこにあるのか。

女　私が聞きたいです……。

間

女　ともかく、全て、あなたの決断に委ねられているだけですから。私はそれを待つだけですから。

穴の底の男　……待ってくれるんですか？

女　だって私は待つしかないじゃないですか。

穴の底の男　……。（何かの気持ちをかみしめている）

7　父と息子

○父と息子

父の床屋にて。
未だに地面に伏している状態の息子（男G）。
その状態に関わらず、会話は進められる。
男Gは、会話の途中で体を起こし、ようやく長い這いから立つ。

父　来るなら連絡くれればいいのに。
男　いや、ちょっと近くまで。
父　近く？
男　いや、なんか、出張つうか。
父　出張？
男　イヤ……。

父　……、ちょっと、切るか。（ハサミをチャキチャキ鳴らしてみせる）
男　いや、いいわ。
父　いいよいいよ、ちょっと切ってあげるよ。
男　いいって。
父　いいよいいよ。
男　いいって。
父　襟足だけでも。
男　だからいいって。
父　軽く揃えてあげるって。
男　いいって言ってんじゃん……!!
父　……切らせてよ……。
男　……マジ、いいから。ちゃんと美容院で切ってるから。
父　ビロング・ザ・シー？
男　は？
父　え？　え、なんて？

男　美容院。
父　美容院か。
男　……。
父　……代官山？
男　そんなとこ行かないよ。
父　行かないんだ。
男　行かないよ。
父　テレビで見たよ。代官山はオシャレな美容院が多いって。
男　……。
父　どこで切ってんの？
男　言ってもわからないよ。
父　イーサンホーク？
男　（強く）言ってもわからない。
父　……じゃあ、髪だけでも洗うか。
男　洗わないよ。

父　構わないよ?

男　洗わない!

父　……、ヒゲ、

男　(食い気味に)剃らない!　そ、ら、な、い!

父　……。

男　……。

父　(切り替えて)メシ食いに行こう。

と、父は先に歩いていく。
父は唐突によろけて転ぶ。
慌てて抱き起こす息子。

父　おお……びっくりした……平気平気、ハハ……。

男　……。

○父とメシを食う

父Bと男Bが並んで座っている。
回転寿司に来ているようだ。
グルグル回る物を目で追っている。
男Bは黙々と食べている。

父　(回って来るものを目で追いながら)拾われない握り……。その哀愁って言ったらないな。何周してんだこれ。

男　(それを手に取る)

父　拾う神あり……。

男　(店員に渡す)これもうカピカピです。

父　捨てる神あれば。逆になっちゃったな。

(しばしまた寿司を眺めて)お前が、ほぼ裸に見えるのは気のせいか?

男は、変わらず、下着しか身につけていない。

男　……。

父　にしても、ちょっと早くないか、ここの回転。目が回るよ。

回転寿司はいつからか、寿司ではなく、人間が回るようになる。
父と息子は、大きな弧を描くようにして歩きだす。
父が先を歩き、息子が後ろからついていく。
徐々にそれは、父が息子の後を追う形へと変わっていく。

父　何かあったの？
男　ん？
父　いや、急に来たから。
男　……別に。普通に来ただけだけど。
父　そっか。仕事は変わらず、あれやってるの？
男　うん……。
父　何だっけ？
男　部品工場。
父　そっか。何の部品だっけ？
男　基盤。
父　（聞いてない）最近な、思うんだ。

別れちゃったけどさ、お父さんがいて、お母さんがいて、お前がいる。それだけでとても素晴らしいことなんだよ。男と女が出会って、命が誕生する。素晴らしいことなんだよ。君が生まれた時、お父さんもお母さんも、それはそれは歓迎したということを忘れないで欲しい。君は、唯一無二の人であることを忘れないで欲しい。君は、本当に俺の生き甲斐なんだ。お父さん、なんでも君の力になるしな。なんでも言ってちょうだい。もう本当、なーんでも言ってくれていいから。お前の力になりたいんだよ。（指で○を作って）これだけはあるから。俺死んだら、お前に全部やるから。次男は俺より稼いでるから一円もあげなくていいと思ってる。お前が全部もらえばいいと思ってる。長男だしな。

男Bは喋らない。
歩く父と息子。

父　劇的ビフォーアフターって番組知ってる？　家を改築する番組。知ってる？
男　うん。
父　観たことある？
男　あるよ。
父　ある？　いいよねー、あれ。前の良さを残しつつ、劇的な変化を遂げるんだ。どう思う？　たまに泣きそうになるんだけど。
男　まあ。
父　……まあ、なんだよ。
男　うん、面白いと思う。
父　うん……。で、あれに応募しようと思ってさ。お店改築しようと思って。
男　うん。いいんじゃない？
父　でしょ？　すごい素敵になるよ。お店。
男　うん。
父　代官山みたいなさ。

男　……。

父　だからさ、……、お店継がないかいやさ。

男　は？

いつからか、父が息子の後を追う形となっている。息子は父から逃げるかのように早足で歩く。

父　お前につつつつ継いでもらえたら、何も想い残すことはない。どう？
　一緒に店やろうよ。

男　（歩みをどんどん早めて父から逃げる）

父　（必死で追う）やろうよさ。楽しいよ絶対。

男　（歩みを止め）

父　（息子にぶつかるように歩みを止め）

男　あのさ。

父　うん……。

男　（突き放すように）なんなの？　急に。

父　……何が。

父Bは座り、虚ろに、回っていく寿司を目で追っている。
ベルトコンベアの音が虚しく鳴っている。

○父と息子　とある過去

男Bは過去を回想する。
父と息子の関係が、今とは真逆だった頃。
そこには母もいる。
音楽。（有名な映画音楽）
父Bは前方一点を見つめ、男Bは上機嫌に父に話しかける。

男　すっごい試合だったよ？　絶対来るべきだったよ。（母に）ねえ？

母　お母さんはよくわからなかったけど。

男　なんでだよ、凄かったじゃん！　（父に）打球が浜風に乗る乗る！　ホームラン一〇本！　次男なんて感激して泣いてたよ！　ねえ、今度一緒に行こうよ！　お父さん、俺、野球選手になりたいかもしんない！

父　（息子のはしゃぎを止める）おいおいおいおいおい、おい。
男　ん？
父　今お父さん、テレビ観てるよね？
男　……。
父　観てるよね？
男　うん……。
父　何観てる？
男　……映画？
父　うん。静かにしてくれる？
男　……ごめんなさい……。
父　お前も少しは芸術に触れろよ。

父Bは、テレビの音量をグングン上げる。
大した芸術性のない有名な映画の音楽がはてしなく大音量となっていく。
苦痛の表情で耳を押さえる男B。

現在に戻り、

父Ｃが家に帰宅する。
音楽アウト。
部屋で一人、テレビを見ている。
男Ｂが背後からその様子を見ている。
壁に手紙を書く。

「父へ
明日朝帰ります。
お父さんは勝手です。
お店はやりません。
またゆっくり。
息子より（＋＿＋）。」
（顔マーク。つまりメールだった）

男Ｂは、父の部屋を出ていく。
父親は振り向き、息子が残した文章を見ている。
再びテレビに目を戻す。
そしてまた、息子の手紙に目を向ける。涙を流している。

○ジョギングの続かない女　〜どう生きれば〜

必死で走るジョギングの続かない女、程なくして、息を切らして止まる。
ストップウォッチを止め、
前方に向けて、悲しげに語る。

ジョグ女　巷で、とあるTシャツが流行っている。
胸に大きく「どう生きればいいかわからない」と書いてある。
そんなことを口に出さないといけないなんて、
なんて酷い世の中なのだろう。

そしてやはり、泣きながらゆっくりと去っていく。
彼氏?が迎え入れる。
ジョギングの続かない女は、彼氏?を邪険に扱い、去っていく。
彼氏?は、悲しげに前を見る。

○穴の底の男　3

女Bは女Cにチェンジしている。

女　一つ聞いていいですか?

穴の底の男　はい。
女　このまま、放さないで、私をどうするつもりなんですか？
穴の底の男　レイプの危機について考えてますか。
女　そんなこと言ってません。このまま放さないで、どうするつもりなんですかと聞いているんです。
穴の底の男　どうもしません。一緒にいるだけです。
女　はい？
穴の底の男　あなたと一緒にいれる。それだけです。
女　私が誰かもわからないのに？
穴の底の男　あなたは、本当の孤独というものを知らないんですね。
女　はい？
穴の底の男　今のあなたと同じですよ。誰でもいいから助けて欲しい。俺は、誰でもいいから一緒にいて欲しい。どうせ、弱っちい男って思ってんでしょ。
女　……そうじゃん。

穴の底の男　お前に俺の何がわかる。

女　だから何もわかりませんて。お互いさまでしょ？

穴の底の男　孤独も知らねえ野郎が生意気言ってんじゃねーよ。

女　（ため息）……あの。

穴の底の男　はい。

女　パンツ見えてません……？

穴の底の男　……。

女　え、見えてません？

穴の底の男　見てないけどね。

女　は？

穴の底の男　見えるけど見てないよね。

女　ちょっと、

穴の底の男　見てねえよブス！　なんだよお前はさっきから、レイプだパンツだ。俺はそんなんで捕まえてんじゃねえよ。俺のこれを、不純なものにしてんじゃねえよこの野郎馬鹿野郎。ブスのクセによお、てめえのパンツがどんだけのもんだよ。パンツだろがよ。ただの汚い汚いパンツだろがよ。

女　汚くありませんっ。

穴の底の男　汚くないパンツがどこにあるんだ言ってみろ！　あ⁉　完璧に拭けるウンコなんてねーぞこの野郎！　……ふざけやがってよ……「見た」と「見えた」は違うだろがよ……。

○穴の底の男の過去　回想

スカートが下着に引っ掛かり、パンツ丸見え状態の女性社員がいる。
穴の底の男が出社してくる。
穴の底の男は立ち止まり、見えてしまっているパンツを悪意なく見ている。
それがそこにあるから、見ている。
女性社員が振り向く。パンツが見えていたことに気付く。
‼
女性社員は、怒りの眼差しを穴の底の男に向ける。

穴の底の男　（落ち着いて）あ、見えてましたよ……。

女性社員　（穴の底の男の腕を摑んで）限界ですっ。

穴の底の男　ちょ、限界ってなんですか。ちょっと待ってくださいよ。見えてただけじゃないですか。ちょっと！

女性社員　社長ー！　やっぱり変態です！

女性社員に連れて行かれた穴の底の男。

8　お爺ちゃん

別の場所。

お爺さんが車を運転している。

老練の腕前。的確なマニュアル運転。

ふと、アクセルとブレーキを間違え、壁に激しく衝突する。即死。

人々が集まって来る。唸っているような、嘆いているかのような声を発しながら。お爺さんの遺体を取り囲み、悲嘆にくれている。

お爺さんを抱え、去っていく。

その群衆の中から、母と男が歩み出てくる。

9　母

男　大丈夫？
母　大丈夫大丈夫。ありがとうね、急なとこ。
男　ううん。……、お父さん来てたね。
母　どこに？
男　あれ？　会ってない？　お葬式にいたよ？
母　そうなんだ……。
男　……お父さん泣いてた……。
母　……。
男　初めて見た。
母　お爺ちゃんには、随分、迷惑かけたからね、お父さんとお母さん。
男　そうなんだ。
母　結局離婚となっちゃあねえ。お爺ちゃんには天国行ってもグチグチ言われそうだよ。

間

母　（息を吐いて）イヤー……死ぬんだねー人間て。

男　……。

母　いつか死ぬとはわかってはいたけど……、んー……本当に死ぬとは思わなかったなあ……。

男　……間違えたの？

母　そう、間違えたの。

母は、壁に描かれている、ハンドル・ブレーキ・アクセルを活用しながら話す。

母　こっちを踏めば、進む……。こっちを踏めば、止まる……。どっちかだったのにねー。こっち踏んで、死んじゃったんだねー……。こっち踏んでいれば生きてたのにねー。○×クイズみたいよね。どっちかが泥で、どっちかがマット。泥だったんだねー。自分でもびっくりしただろうね。逆に言えば、八九年間正解し続けたってことだもんね。大したものよ。

男　そうだね……。（おもむろに強い落胆と共に）俺はなんか泥まみれだよ……。

母　生きてるじゃない。

男　でもなんか泥まみれだよ……。

母　知らないわよ。今、年収いくらあんの。

男　は？

母　去年いくらあったの。

男　関係ないでしょ？

母Bがやって来て、会話に加わる。

母B　関係あるわよ。いくら。

男　聞いたらショックだって。

母　いいから、いくら？　去年いくら？

男　二〇〇……、
母　十分。
男　は？
母B　二〇〇いくらでしょ？
男　うん……。
母　十分よ。死にゃぁしないわよ。ちなみに、二〇〇前半？
母B　後半？
男　……前半の前半。
母・母B　……。（顔を見合わせ）
母　死にゃあしないわよ。
母B　死にゃあしないわよ。
男　なんだよっ。
母B　暗い。
母　辛気臭い。
母B　鬱か？

母　人様の葬式で、自分事で暗くなってんじゃないわよ。

男　すいません。

母B　どうせ、仕事か女でしょ？　彼女とは別れちゃったの？

男　んー……。

母　死にゃあしないわよ。

母B　死にゃあしないわよ。

男　簡単に言うなよっ。

母B　簡単に言うよ。あんたの何倍生きていると思ってるの。

男　……お母さん、なんか、元気だね。

母　当り前じゃない、何のために大博打打ったと思ってるの。

母Bを残し、母は去っていく。

男　あ、お婆ちゃん。

お婆ちゃんの姿を向こうに見ている。
舞台上にはいない。

男Bと母Bは、お婆ちゃんのいる方を見ながら話した。

男　お婆ちゃん大丈夫？

母B　お爺ちゃんを探してるの。

男　……わかってないの？

母B　わかってたりわかってなかったり。

男　……お母さんのことはわかるの？

母B　わかってたりわかってなかったり。

男　そっか……。

母B　進んでいるのよねー。

男　……。

母B　日々積み重ねていると思ったら、一瞬にしてなかったことになるのよねー。過去って、過去なのよねー。ただただ過ぎ去り、進んでいくのよねー。

10　お婆ちゃん

男Bは去る。
母Bは、その場で着替え始める。母から老婆の衣装へ。
着替え終えて、腰の曲がったお婆ちゃんとなる。
老婆は舞台中央に座り、お茶をズズとすする。
そうして、誰ともなしに話し始める。

お婆ちゃん　お婆さんな、お見合いで連れて来られて、お見合いて言えども、その時のお見合いは、もう結婚は決まってるもんで。おうちの前に、兵隊さんが五人並んでてな。みんな顔が真っ黒に焼けてて。いやー、どの人が旦那さんやろて思って、恥ずかしーって、ずっと顔隠してたん。

男Cが、やって来て、

男　お爺ちゃん、五人兄弟だったんだよねえ？

お婆ちゃん　五人もおるし、みんな顔が真っ黒に焼けてたしな。いやぁ、どれやろ思ってな。

男　で、どれがお爺ちゃんだったんだっけ？

お婆ちゃん　もう恥ずかしくて、ずっと顔隠してたん。

男　一番男前の人が、お爺ちゃんだったんだよね？

お婆ちゃん　どの人が旦那さんになるんやろ思ってな、恥ずかしくて、お婆さんずっと顔隠してたん。

母Cが、やって来て、

母　でもお爺ちゃんに会えてほんと良かったなぁ。

お婆ちゃん　（嬉しそうに）うん〜。

母　六七年も一緒にいたんだもん、後悔もないやろ。

お婆ちゃん　……ないことはないよ？

母　……何？

お婆ちゃん　……もっと話しておけば良かったって思うよ？

母　なーんで、言葉をケチったかなって。お金もなんもかからんのにな、なんや知らんけど、ケチってもうたな。それ以外は何一つないんやけどな、言葉ケチったんだけは後悔やなあ……。

……そだね……。

母は涙ぐむかもしれない。

お婆ちゃん　（キョロキョロして）お爺さん、どこ行ってるんやろなあ。遅いなあ。

母　（笑って。痴呆が）戻っちゃった……。

お婆ちゃん　（ぶつぶつ）車ででかける言うてたで、事故起こしとらんとええけどな。よそ様に迷惑かけたら大変だで。

彷徨う婆さん。
この後の会話の途中に、不意に消える。
しかし母と男は気付かない。

男　お母さん、なんでお父さんと別れたの？

母　なんでだろうね──……。ん──、なんだろうね……。なんか、わき道？

男　わき道？

母　道がさ、道を歩いているわけじゃない、我々はさ。私がこうして進んでいた道があってさ、まあ、途中途中で、わき道もたくさん、そりゃたくさんあるけどさ、なんだかんだ、本道の方が安心に決まっているわけでさ。でも、とあるそのわき道はね、ちょっと、魅かれちゃったのよね。なんだろうね、こっち行った方がいいんじゃないかなあ──って思ったのよね。

男　で、そのわき道入ったんだ。

母　入ったね。ちょっと反対車線がなかなか途切れなくて、随分待ったけど。

男　車？

母　……（反対車線の車が途切れるのを待っている）……よしっ今っ！　みたいな。

男　今、その道はどんな感じなの？

母　わからないけど、空気は気持ちいいよ。前の道は、なんか、排気ガスが凄いことになってきていたからね。
男　前の道には戻らないの？
母　んー、戻るには、左折して左折して右折するか、三キロくらいバックするか……。違うな。
男　ん？
母　ごめん、今の例え全部ナシ。
男　え。
母　ちょっと違ったわ。全部忘れて。
男　え。
母　ちょっとー、人生を道に例えるのとかやめてくれる？
男　えー。
母　どうして別れたなんて、さすがの私も口では説明できないわ。それでいい？
男　なに？

母　言葉なんかでは説明できない。

男　……。

11　父、倒れる

父の床屋。
父が相変わらず、一人でボーっとテレビを見ている。
お客が一人来た（エアー）。
ドアの鈴の音。カランカラン。

父　いらっしゃいませ。（この席に）どうぞ。

お客を席に誘導する。
エプロンなどをかけながら、

父　お客さん初めてですね。
お客の声　はい。
父　どうもありがとうございます。今日はどうされますか？
お客の声　ちょっと時間ないんで、早めにお願い。
父　かしこまりました。どうされましょう？

お客の声　軽く揃える感じで。
父　では、こんな感じをキープする感じで。
お客の声　うん、キープで。
父　このまま、右に流す感じで。
お客の声　右？　左ですよね？
父　あ、失礼しました、私から見たら右。

父は、前から客を向いて話していた。

お客の声　なんであんたから見るんですか、俺は鏡を見てるでしょ？
父　失礼しました、私から見たら右だったもので。じゃあ、お客さんから見て、左に流す感じで。
お客の声　俺から見てって、俺は鏡を見るしかないから俺から見てもクソもないだろ？　ですよね？

チョキン。
父は、お客の髪をバサッと切った。

お客の声　おい、何してんだよ、何してんだよ！

父　あ……。

お客の声　どこ切ってんだよ！

父　すいません。

お客の声　すいませんじゃねーよ、おい、なん、ええ？　おい、どうすんだこれ。会社行けねーじゃねーかよ。おい！

父は、重心が片方に傾き、ゆったりと、ケンケンのようなことを始める。

お客の声　何してんだよ。喧嘩売ってんの？

父は、無様にケンケンをしたまま、ゆら〜っと大きく円を描くように周り……、壁に衝突して倒れる。

お客の声　おい！

父は動かない。

お客の声　おい、床屋さん。……大丈夫？　床屋さん？　ちょっと？

父は動かない。

○穴の底の男　4

女Cは、女Dにチェンジしている。

穴の底の男　どうもありがとう……。なんだかんだ言って、あなたは僕と一緒にいてくれている。

女　捕まっているだけです。本当に、この状態は、どうしたら終わるんですか？

穴の底の男　……ここに降りて来ますか？

女　行きません。

穴の底の男　じゃあ、終わりようがない。

女　……トイレ行きたいんですけど……。
穴の底の男　いつか言うと思ったよ。
女　本当です！
穴の底の男　垂れてきたら信用してあげますよ。
女　変態。
穴の底の男　変態じゃない、現実だ。It's real.
女　（泣きが入る）お願いです……なんでもしますから、お願いします。
穴の底の男　なんでもって、どういうなんでもだよ。
女　なんでもではないけど、でも、できることならしますから。
穴の底の男　……キスして。
女　は？
穴の底の男　キスして……。
女　変態。
穴の底の男　変態じゃない！　……変態じゃない……変態じゃない……。（泣く）
女　……したことないんですか？

穴の底の男　馬鹿にしやがってこの野郎……。

女　……。

穴の底の男　……エロいのしかしたことがない。愛に包まれたキスを一度してみたい。

女　私のキスは愛に包まれたキスになるんですか？

穴の底の男　奉仕のキスだ。ある意味それは、マリア様のそれだ。

女　マリアさま……。

穴の底の男　見ず知らずの男が要求するキスに応じる。愛に包まれた奉仕以外のなにものでもないじゃないか。どうです？　あなたにこの試練が乗り越えられますか。

女　そんなことで放してくれるんですか？

穴の底の男　ちゃちゃちゃっとやって、ちゃちゃちゃっと去ろうなんてせこい考え起こしてんじゃねーぞこの売女。俺のキスはそんな簡単に放さねーぞこの野郎。チューチューチューたこ・かい・な！　チューチューチューたこ・かい・な！

○ジョギングの続かない女　～最大多数の最大幸福～

必死で走るジョギングの続かない女。程なくして、息を切らして止まる。
ストップウォッチを止め、前方に向けて、悲しげに語る。

ジョグ女　（胸）ココがざわつく。
最大多数の最大幸福とはよく言ったもので、
みんなと同じでいれば、ココのざわつきも和らぐはず。
今一番流行っているショップで、今一番流行っている服をくださいと
言った。
この夏はこれですと言われた。
あの値段でひと夏しかもたないなんて、
なんてキツイ世の中なのだろう。

そしてやはり前方を見据えたまま、泣きながらゆっくりと去っていく。
彼氏？が迎える。
ジョギングの続かない女は、彼氏？には見向きもせずに、去っていく。彼氏？
は、ジョギングの続かない女が去っていった方をじっと見つめている。

12　介護

男が、床に倒れている父を抱え、ベッドに運んでいく。

父には、もう意識がほとんど見受けられない。半身不随のような状態。

男は、泣いてしまっていたりなどで、父を全然うまく運べない。

なんとかして、ベッドに寝かせ（壁にベッドを描き、そこに立たせる）、父の服を脱がし、父の体を拭く。

男は嗚咽している。

母がやって来て、その様子を眺めている。

男は手を止め、うなだれる。

涙ながらに母親に訴える。

男　俺、全然、大人になれない……。全然、自分の思い描いていたような大人になれない……。お父さんと最後に話したのも、俺……最後、メールだし、全然酷いメールだし……。言葉ケチりまくって……。ああ、ダメだ……どうしよ、俺酷いわ……どうしよ……。

父親が寝る傍の壁には、父に送ったメール文（手紙）が残っている。息子は必死でそれを消そうとするも、それはもう消えない。
泣き暮れる男。

母　大丈夫だよ、お父さんわかってるよ。子供だもん。お父さんとお母さんからすれば、あんたはどんなにおっさんになろうと、どんなに加齢臭まみれになろうと、子供だもん。

男　（怒鳴る）なんでいつもそんなわかったようなことばっか言うんだよ……！

母　……。

男　（うなだれて）ああ～……どう生きればいいかわからん……。

母は、空気を指でつまみ、息子に尋ねる。

母　何をつまんだ？

男　え、何をつまんだ？

母　命をつまんだ。この中にも小さな命がある。

男　（ただ繰り返す）ある……。

母　この命が、今から思考の旅に出ます。

母は、つまんだ指をふわふわ浮遊させる。
母は、壁沿いを歩きながら語り、
その指は、壁に描かれた絵や文字を辿るかのように浮遊していく。
＊（　）は、辿っていく文字や絵。指が浮遊する近辺に、さりげなく見えているといい。

母　止まない雨はない。（雨）
曇らない晴れはない。（雲、太陽）
地球はただただ回る。（地球、川）
地球は何も考えてない。善いも悪いも平等も不平等も命の尊さも、自然の大切さも、全部人間が勝手に造り上げた概念。人間界でしか通用しない一人よがりな概念。（「good? bad?」、天秤、「自然を大切に」）
後からやって来て、勝手に世界を作り上げて。（「The world is mine」）
でも地球は、それを勝手とすらも思わない。地球を大切にしろとかも思わない。ぜーんぶ人間が考えた考え。（「価値」）

だから、地球からすれば、人間が生きようが生きまいが関係ない。汚染されようがされまいが関係ない。生きるも自滅するも人間の勝手。（「エコロジー」、「テクノロジー」、「エネルギー」、「温暖化」、「排気ガス」、「天災」、「生死」）

地球を大切にしようと叫ぶのも、自らの危機を感じているからなだけ。

進化を求めるくせに、変化に弱い。（人類進化の図）

自らで作り上げた神様仏様をあがめ、愛と平和を願う。

他人の神といがみあい、「愛と平和」同士で殺し合う。（「jesus」、十字架、「信仰」）

でも、人類が二人だけになっても変わらないのでしょうか？（「アダムとイブ」、男と女の絵）きっと新たな神を作るのでしょう。

この永い人類史で、唯一変わらないものがある。

それは母親。（「母」）全ての命の元に母があるということ。全ての命

がマンコを通ってきたということ。(「マック」、「ケンタ」、「コンビニ」の「マ」「ン」「コ」を囲う)

母は、徐々に感情が高ぶっていく。

母

全ての人間のたった一つの共通点。それは、マンコを通ってきたということ。マン通マン。「ツウ」は「通る」という字ね(「一方通行」の「通」を囲う)。ヒューマンであり、マン通マンである。(「human」「humor」)マンコのもとにみな平等。あなたたちは、すぐ、出身地で仲間になりたがるけど、(「出身どこ?」)本当の出身地はマンコなの。困った時は、出身地マンコと言いなさい。そうすれば、誰ひとり間違いなく仲間だから。どのマンコ出身か? なんて、そんな話はナシよ。元も子もないから。そりゃマンコにも色々あるわよ。臭いのもあればどす黒いのもあれば妙なマンコもあるでしょうよ。うんこのようなマンコもあるでしょうよ。でも、マンコはマンコよ。

母は、壁に描かれていた○に線を付け足し、マンコの絵にしようとする。
息子は急いで止める。

母　みーんな出身地マンコ……！　ヒューマンみなマン通マン……！

母親はもはや高揚し、泣きじゃくっている。
間。
息子は口を開く。

男　……お腹を切って出てきた人は……？
母　……そんなのは仲間じゃないよ。
男　酷い。

男は、脱がした父の服に、着替えていく。

母　そう、酷くていいのよ。この男だって酷いよ。あんまりだよ。

母は、ベッドに眠る父に添い、
その、元旦那の顔を、その温度、形を確かめるかのように触る。

母　しょうがない。私が見放したら、この人には誰もいないんだもん。

男　……。

母　書類なんかでは、縁を切らせてもらえないんだね……。

男　……お父さん……、お母さんを引き止めたかったんかな。

母　知らないよ……。

元旦那の頭を撫で、

母　キッツイことするね〜……。地獄だ〜……。

その元夫婦の付近には、「半身不随」「介護」「縁」などの文字が見える。
母は父の頬を平手打ち。
父の服に着替え終えた男と、父が入れ替わる。
男だった者は「父」となり、父だった者は「男」となり、話はまた進んでいく。
母は変わらず「父」の顔を触っている。
静かな時間が流れる。

男　お母さん。

母　ん。

男　人って、変われる？

母　…………。

返事はもうないかのような長い間。

母は、息子を見つめ、静かに、静かに、優しく、ゆっくりと唄う。

母　You are my sunshine, my only sunshine

You make me happy when skies are grey

You'll never know dear, how much I love you

and I love you more every day

男　…………。

唄い終えて、母は、元旦那（父）の肩に腕を回す。

動かぬ父も、ゆがんだ口を動かし、二人で息子を見つめ、もう一周唄う。

息子は涙を流すのだろうか。

静かな間。

男は、舞台奥に目をやる。

舞台奥には、大きな扉の前に溜まる人々。

人々は疲れ、座り込んだりしている。

その中には、大きな扉の前で行き止まっている工場長もいる。

男が扉に寄っていくと、工場長は立ち上がり、口を開く。

工場長　光は見つかったかい？
男　……。

男は答えない。

男は、扉のノブに手をのばし、開ける。

扉の前で溜まっていた人々が立ち上がる。

男は扉を閉める。

人々からは落胆の声が漏れる。

男はもう一度扉を開ける。

人々は、微かな希望を顔に携え、そうして、一人また一人と、扉の向こうへと歩んでいく。


扉から出て行った人々は、舞台中央の穴から登場し、また扉から出て行き、また穴から登場する。

ぐるぐるぐるぐる。

進んでいるのか進んでいないのか。

先への歩みを続けている。
男は、マイク（実物）を手に取り、痰やら涙やら、喉に絡まった様々なものを取り除き、歩む人々を眺めながら話す。

男

扉なんて最初から開いている
来る災いから目をそらして　人の顔には未来への希望の光
誰もがより良くなろうと　答えを探している
まるで何かに取りつかれたように
ここではない新しい所に　答えを求めて邁進する
でも　先にはもう　何があるわけでもなくて
結局同じところを回っているだけ
それでも誰も気付かない
それは　既にここにあるということを

行進をする人々から外れて、
穴の底の男と、（足を摑まれていた）女が見える。
女が、穴の底に降りた。穴の底の男に近づいていく。
穴の底の男は、おどおどと後ずさり。

女は顔を近づける。穴の底の男はガタガタ震えている。ソフトキス。穴の底の男は、何かから解き放たれたかのように、子供のように泣いている。

そうして、女は、ようやくまた、人の流れに混ざり、歩いていく。穴の底の男もまた、人々の歩みの流れの中へと、歩いていく。

行進をする人々の中に、ジョギングの続かない女が見える。ジョギングの続かない女は、ふと歩みを止め、やはりまた前を向いて話す。

ジョグ女

決意を固める方法。

体の奥底には色んな泉があって、

その一つからは、勇気というものがチロっと湧きだしていて、

その勇気というものは、言わば接着剤みたいなもので。

その接着剤は、時に、決意というあやふやなものを固めてくれる。

勇気で固められた決意は、時に、奇跡を起こすという。

彼氏?がやって来て、ジョギングの続かない女の前で、背中を向けてしゃがむ。

彼氏?　男はやっぱり、女をしょってかなきゃな。

ジョグ女　何でよ。

彼氏?　やっぱりそうなんだよ。


彼氏?は、初めてジョギングの続かない女に対して強気に出る。

ジョギングの続かない女を強引に、自分の背中に乗せる。

そうして、彼氏?は、走り出す。ジョギングの続かない女は、背中で揺れながらも、前方を見据えている。

ジョグ女　よしっ、よしよし!　走れ、走れ、走れ……!

彼氏?は背中に想う人を乗せて、走る、走る、走る。

そうして、二人は、そこに辿り着く。

川の流れる音。

ジョグ女　着いたどおおおおお!

ジョギングの続かない女は、背中から飛び降り、川にバシャバシャと入っていく。

川の流れる轟音。

人が大勢泳いで来る。
人々はバシャバシャと、力強く、必死で泳ぎ回っている。
ジョギングの続かない女は人々に問いかける。

ジョグ女　ねえ、人々、この川はどこに繋がっているの？
　　　　　ねえ、どこに繋がっているの？

人々は、泳ぎながら、ジョギングの続かない女を祝福するかのように唄う。
You are my sunshine, my only sunshine

ジョグ女　サンシャイン？　私、サンシャイン？

ジョギングの続かない女は、幸福感と共に、人々と一緒になって唄う。

You make me happy when skies are grey
You'll never know dear, how much I love you
and I love you more every day

ジョギングの続かない女は、やがて気が付く。
泳ぎ、唄っていたのは自分だけ。
泳ぎ、唄っていたと思われた人々は、いつしか、壁や床の掃除（文字や絵を消す）をしていた。
川の流れる音は、街の喧騒の音へと変わっていた。

街の喧騒の中、
黙々と、ゴシゴシと、壁や床を清掃する人々。

ジョグ女　…………。

そうして、ジョギングの続かない女は、人々の労働に加わっていく。

13 ○○トアル風景

黙々と掃除をする人々。
男たちが舞台の片側を、女たちが逆の片側を、二手に分かれて清掃している。
積み重ねられてきた文字や絵が、どんどんとあっさりと、消えていく。
奥の大きな扉が、パタンと閉まる。

男　もう逃げ場はない。
　　そこだけははっきりしている。

清掃を続けながら、誰ともなく口を開く。

男A　男は言う、どうしてた？
女A　女は言う、色々してた。そっちは？
男B　男は言う、俺も色々してた。

女B　女は言う、そっか。本当、色々あるね。
男C　男は言う、色々あるね、本当。
女C　女は言う、ね、キスだとかね。
男D　男は言う、キ、キス？
女D　女は言う、ううん、なんでも。
男E　男は言う、親父が倒れたとか。
女E　女は言う、え、お父さんが？
男F　男は言う、ううん、なんでも。
男G　君よ。いずれある、いずれここにある、君とある風景。
女A　なーに……？
男H　光は見つかったかい？

間

男A　ところで、ドアが開かないんだけど。
女E　そうなの、こっちからも開かないのよ。

男B　ちなみに僕はドアを押しているけど。
女A　私も押しているよ？。
男C　なんだ、お互いに押してたんだ。
女B　それは、開かないわけだ。
男D　じゃあ、僕が押すからそっち引いてくれる？
女C　ううん、私が押すからそっちが引いて。
男E　いやいや、僕が押すよ。
女D　いやいや、私が押すって。
男F　わかったよ、じゃあ、僕は引くことにするよ。
女E　え、私が引こうと思ってたのに。
男G　おいおい。
女A　なによ。

ガチャ……。
奥の扉が、少し開いた。
男たち女たち、見ている。

男H　あれ、開いたね。
女B　開いた。
男A　押した？
女C　ううん、私押してないよ？　そっちが引いたんじゃ、
男B　いやいや、僕引いてないって。
女D　そんなはずないよ。
男C　嘘なんかつかないって。
女E　だって私押してないもん。
男D　まぁでも、ともかくドアは開いたわけだから。
女A　そうだね。
男E　では、君からどうぞ中へ。
女B　いいえ、あなたからどうぞ中へ。
男F　あれ？
女C　あれ？
男G　中はこっちだよ？

女D　え？　そっち外でしょ？
男H　いやいや、こっちが完全に中だよ。
女E　待ってよ、どう見てもこっちが中だって。
男A　おい。
女A　ちょっと。
男B　わかった、じゃあ、こうしよう。
男C　次に喋った方の部屋が、外と言うことにしよう。

すると、誰も喋らなくなる。
沈黙の時間が続く。
人々は清掃を再開していく。

ドアが、ギィー……っと、少し開く。

男D　あ、動いた。
女B　あ、喋った。
男E　あ、しまった……。

女C　ふふふ。では、どうぞ、「中」へ。
男A　あー、うー、はいー……。

男たち、
女たち、
清掃を止め、お互いに向き合う。
言葉はない。
ただ静かに向き合う男と女。
やがて、男たち女たちは、共に清掃を始める。

うーーっすらと音楽が聞こえてくる。
（管弦楽団のような陽気な音楽がいいかもしれない）
舞台中央の穴から光が漏れてくる。
徐々に強まっていく光。
それに気付くでもなく、ただただ清掃をしている。

ふと、男が一人、穴から漏れて来る何か（光）に、何かを感じる。
穴を覗く。
女も一人、穴から漏れる何か（光）に、何かを感じる。
穴を覗く。
男は、穴の中を少し眺めるも、気のせいかと、また清掃に戻っていく。

女は、微笑を携え、その何か（光）に向けて、両手を広げ、自分の胸に抱きいれる。
そうして、女もまた、清掃へと戻っていく。
穴から漏れる光は、際限なく強まっていく。
文字や絵は全て消えていき、
○が二つと、太陽だけが残っている。

了

トアルあとがき――○○ヲ受賞スルマデニアッタ風景

一九九六年の春、一年の浪人を経てA山学院大学に入学した僕は、その日、A5の半分ほどの小さなチラシを手に池袋のとあるビルの前に立っていた。チラシには「A山学院大学演劇研究会新入生歓迎公演」などと記されている。つまりお芝居を見に来たのだけど、そこにあるのは普通の寂れたビルであって、演劇といえば、劇団四季や歌舞伎くらいしか観たことのなかった僕は、こんな普通のビルの中に劇場があるだなんて想像すらできなかった。不安な気持ちのまま階段を上り（たしか上った気がするのです）、劇場とは思えない雰囲気の空間へと入っていく。その小ささ、狭さに愕然とし、舞台の近さや天井の低さ、適当な椅子などにも驚愕した。戸惑いの気持ちのまま、芝居が始まっていった。

作品は劇研二年生のO田さんという方のオリジナル作品。僕は終始鳥肌に見舞われていた。暗転というもののあまりの暗さに驚き、明かりが点いてはここにいたはずの役者がいなくなっていることに鳥肌する。ないピアノがあるかのように見えてくる迫真の演技に鳥肌する。目の前で放たれる大きな声に鳥肌する。つまりいちいちすべてに鳥肌をし、加えてお話の面白さにも鳥肌し、ここまで鳥肌を立たされちゃあ、この演劇研究会とやらをのぞかない理由はなかった。こうして僕の演劇人生がはじまっていった。

高校のときは映画が好きで（大学で映画をやっていた兄にも憧れて）、大学に入ったら必ずや映画をやると決め込んでいたのだけど、なんともあっさりと演劇へと変更したのだった。同じく一浪してK應義塾に入学した中学高校の同級生I川くんも大学の劇研に入ったと聞き、そのことも意思を固める大きな要因となった。

入部して割とすぐに、新入生による新人公演が開催されることが発表された。クエンティン・タランティーノ似の、つまりアゴが印象的な四年生のN田先輩が言う。「新入生多いから、オムニバスでいこうと思うんだけど、俺らだけじゃ書ききれないから、新入生で書きたい奴がいたら書いていいよ」。すぐさま挙手をした。当然、戯曲を書いたことも、ましてや演出を受けたことも見たこともなかったのだけど、手を挙げていた。初めて書いた戯曲は、椅子のお話だった。椅子があるとき動きだして、いつもそこに座る男と交流してなんやかんやといったくだらないコメディ調ファンタジーだった。それが新人公演八本の中で一番の好評を得て、クエンティン・タランティーノ似の先輩にチクリと妬まれたのを覚えている。出る杭は打たれる怖い世界だと肌で学んだ瞬間だった。（少し誇張して書いたが、このクエンティン先輩は、実際はすごく面倒見のいい人で、はえぎわの第四回公演のときである。終演後、見知らぬ男の人に声をかけられ、「N田さんの仕事場の者です。せいじが劇団を立ち上げて頑張っているから観に行ってあげてくれと言われて来ました。N田さんは仕事が忙しくて来れませんが、応援していると伝えて欲しいと」。N田さんのお気持ちが本当に嬉しかった。)

初めての作・演出で好評を得て調子に乗った僕は、その秋の学園祭で、劇研の恒例となっている一年生による公演の脚本・演出も志願した。さっそく書き下ろして稽古に望むも、三日後、部の会議で、あまりのつまらなさにボツが確定した。いきなり味わったどん底感であった。このようにして僕は、劇研メインの大学生活を送ることとなっていった。卒業と就職が見えてくる三年生の終わり頃、もっと外の世界で演劇に触れてみたいと思い、いくつかのワークショップに参加するもどれも肌に合わずさまよっていた。そんな頃、目にしたのが、ENBUゼミナールという演劇が学べる学校が開校されるよ～というチラシだった。大人計画の「生きてるし死んでるし」を観劇した時だったので、講師の中に松尾スズキさんを見つけた瞬間、迷いなく応募していた。

そうして、二度目の演劇入門となったのであった。一九九八年のことであった。そこで同じクラスにいたのが、今作品でもドラマターグをしてくれている齋藤拓であったり、早々と岸田國士戯曲賞も受賞されたM谷有希子などであった。M谷さんの凄まじいまでの活躍は、同期としてずっと刺激になっている。

松尾さんの授業でも、いくつかの班に分かれて、短い作品の発表会が設けられた。四人一組の班だったのだけど、そこで同じ班になったのが、はえぎわ旗揚げメンバーの井内ミワクとサトヲ実りんだった。ここでも好評を得たのだったが、夏に上演した自主公演では、またコケたのだった。卒業公演において再度書く機会を与えられた僕は（生徒三人が書き下ろすこととなった）、かなりわけのわからないものを書いた記憶がある。性の衝動だけで書いていた。僕のチームに振り分けられた女の子に稽古のある日「松尾クラスの卒業公演でなんでノゾエの作・演出を受けなきゃいけないんだよ！」と泣き叫ばれたこともあった。おっしゃるとおり。しかし、生徒に書かせると考えたのは松尾さんだったので僕は完全に被害者だったのだけど、それでも僕の性の衝動はおさまらず、ラストシーンでは主役の女の子に「オナニーさせろ！」と連発させていた。当時はきっとそういうのが面白くて仕方なかったのでしょう。

松尾スズキさんのことは勝手に師匠と思わせていただいてます。お世話になった度数でいえば何度なのでしょう。五〇度。アルコールの度数でいえば相当高いと思っていただけたら。この世界で少しでもいい成果を残していくことでしか恩返しはできないと考えている。


さまざまな浮き沈みを体験したＥＮＢＵゼミが終了してすぐの一九九九年五月、はえぎわの第一回公演を迎えることとなる。井内ミワクとサトヲ実りん、劇研同期のY中田くんとで始動した。出演者にはさらに、Y中田くんと養成所の同期のK原さんと、町田水城（現はえぎわ）。計六人。神楽坂ディープラッツにて。「痙攣スルのであって」というタイトルで、ラストみんなでひたすら痙攣していたということくらいしか覚えていない。幕が開いたら、お客さんが出演者より少ない日とかもあった。

八月に第二回公演「人肌と花汁」（神楽坂ディープラッツ）をやり、ここでまたY中田くんに養成所仲間を紹介してもらい、それが現はえぎわの鈴真紀史であった。いきなり逆さ吊りでパンツ丸見えにさせてしまった。

Y中田くんは、はえぎわを劇団化する際（二〇〇一年）、別々の道を歩むことになったのだが、彼の力なくしてはえぎわの基盤はありえなかった。

十二月に第三回公演「ラ♡ブルージーンズ〜愛青人〜」（中野スタジオあくとれ）を行い、カオティックコスモス（元はえぎわ）と出会う。このときは役者ではなく、スライドのお手伝いをしてもらった。

ここまで三回の公演で、各動員は二〇〇人にも到達していなかった。いきなり厳しさを味わった一年目であった。

初期のチラシはすべて兄と作っていた。兄は就職はしていたものの、絵やデザインに関しては昔から尊敬していて全幅に信頼していた。音楽や映画などに関しても兄の影響なくしては語れず、いまの僕のベースは兄によって成っているといってもまったく過言ではない。はえぎわのチラシに関しては、第二回公演から第一三回公演までを兄と作っていた。初期のＷＥＢサイトも兄が作ってくれていた。ちなみにこの兄、出演も二回ほどしている。「サティスファクション」と「７ｕｐ」。いずれもウサギの被りモノをしてニンジンをかじっているという役で。演技に関しては上手いとはいえないのだけど、確実に衝撃を残して去っていく姿を見て、この人には一生かなわないんだなと思わざるを得なかった。兄ちゃんありがとう。

翌二〇〇〇年、第四回公演「ノーミソスープ」（キッドアイラックアートホール）において、滝寛式（現はえぎわ）とカオティックコスモスが出演し、のちの劇団化のメンバーがそろうこととなる。

二〇〇〇年の夏、僕はもう一つの大きな出会いをすることとなる。ケラさんである。ラフカット二〇〇〇でのケラさんの作品に出演させていただき、多くの刺激を受ける。この流れで、その後の僕の活動を支えてくれた、ケラさんの事務所にもお世話になることとなる。このラフカットでもたくさんの出会いがあり、中でも、竹口龍茶（現はえぎわ）と音響の井上直裕との出会いは大きかったといえよう。井上さんはスタッフさんの中でも最も長く（第六回公演より）やっていただいている方です。

第五回公演「愛染スキャット」（キッドアイラックアートホール）では、Ｈ田謙治さんという怪優さんが初出演。Ｈ田さんはその後、最も多く出演していただく客演さんとなる。勃起すると四メートルになってしまう男と彼を取り巻く家族などの話でした。

実際に最後四メートルのちんこを出すことに成功した。成功したったってなんだ。

第六回公演「波打ち際の乳房」以降、四作品において、中野ウエストエンドスタジオさんにお世話になる。この頃から、Tロさんや、K原さんなど、若い女の子たちが制作で入ってくれ、随分と助けられた。そして劇団としてもようやく少しだけ注目され始めた感があった。が、その波は完全に逃した。当時取り上げてくださったマスコミの方々、ご期待に応えられず失礼いたしました。

第七回公演「愛撫、涙ながら」では、ケラさんと松尾さんにチラシコメントをお願いし、必死だったことが伺える。なんて贅沢なチラシだったのでしょう。ラストシーンで、「千と千尋の神隠し」のテーマ曲を丸々使い、この頃は黒ジブリなんて謳っていた気がする。

第八回公演「Mジャクソンの接吻」はちょっとした転機となった作品であった。山で喫茶店を営む家族の話で、最初の一時間半を喫茶店におけるリアルな芝居で展開し、ある瞬間、唄いながら一気にセットを取り壊し、真逆のテンションでの戦争、みたいな。これは結構好きな作品で、ザ・スズナリ初進出の際に上演した、はえぎわで唯一再演をした作品である。踊り子あり（現はえぎわ）の初出演作品でもある。

第九回公演「美」の頃は最も過激になっていたと思う。登場するキャラもセットも、まるで見せ物小屋のような様相だった。気温が五〇度から下がらなくなった日本での、暑さにやられていく人間たちの物語。最後は、客席との境に全面にビニール幕を垂らし、舞台では虫の大群との血を噴射しまくりの殺戮戦争を繰り広げた。ナマの小便とかもかけあったりしていた。もちろんその頃はそういうのが面白くて仕方なかったのであるが、当時の自分と少し話し合ってみたい気がする。

第一〇回公演「溺愛ブギーギャル」（こまばアゴラ劇場）には、演劇の大先輩C葉雅子さんに出演していただき、まだまだ過激路線を突っ走っていた僕は、花火を噴射し、風呂桶の底が抜けて水浸しにし、アゴラさんを火と水攻めにしてしまっていた。舞台監督のT川さん、無謀な要望をすべてやってくださり、本当にありがとうございました。鬱病が蔓延した日本でのお話でした。次々と首吊り処刑に遭うシーンを、本当の縄で、本当に高台から落下して再現したのだが、いま思うととんでもなく怖い。役者さん、スタッフさんよくやってくれた思う。僕が初脱ぎした公演でもありました。

第一一回公演「赤〜レッドツェペリン1錠〜」（駅前劇場）は、初の下北での上演となる。他の公演と変わらないちゃんとした作品なんだけど、一ステのみ、という公演をやってみたく、となると赤字は丸見えなので、タイトルは「赤」。稽古は通常どおり、ひと月ちょいやり、三日間がっつり仕込んで予定どおり一ステのみ上演した。最後に、チェーンソーなどを使いセットを本当にぶち壊していくというシーンがあり、セットが本当にしっかりと作られていたのでなっかなか壊れず、終演時間も延びに延び、バラシが終わったのもてっぺん越えでした。温かく応対してくださいました駅前劇場さんに感謝でした。この公演で出会った舞台美術さんが、Hかま田さん。以降ほとんどの美術をお願いしていた。どんなに予算や時間がなくても、こっちの要望に気持ちよく乗ってくださるアーティスト肌の美術さん。本当に感謝です。

第一二回公演「漁の母、父の歌」（明石スタジオ）では、町田くんが本番中に腕を派手に脱臼し、それでも芝居を続行してしまったことに対して、昔から厚意をいただいているお客さんからお叱りを受けた。ナマであることの難しさを教わった。

第一三回公演「フラッシュアーアー恋せよ乙女」（シアター風姿花伝）にて、兄とのチラシ作りは最後となった。兄の仕事が忙しくなってきたためだ。個人的な感傷であるが、チラシの表が、たまたま僕と兄の幼少時の写真だったことも思い出深い。地震が何日間もおさまらず、止まった瞬間、巨大津波によって日本全土が洗われるという話で、約四〇分間、舞台を揺らし続けていた。多くのお客さんを酔わせてしまう結果となった。

第一四回公演「7up〜ラビンユー〜」（OFF・OFFシアター）では、ひょんな縁から、漫画家のUすた京介さんにチラシ絵を描いていただくことができ幸せでした。小さなオフオフで、大きな盆を回した。客演してくださったD物電気のT修さんが、電車の中でポツリ、「ノゾエくんは、本物だね。勢いだけで書いているのかと思ったけど、筋もちゃんと通ってて感心した」とおっしゃってくれた。お褒めに乗っかっちゃいますが、そう、うちは過激な部分ばかりが注目されがちだったのだけど、一応、筋も考えてたのです。たまには。

第一五回公演「サティスファクション～完璧なる肉食～」（渋谷ＳＰＡＣＥ ＥＤＧＥ／笹塚ファクトリー）。渋谷では、お客さんが三カ所を移動して観る方式。笹塚では、一カ所でオールスタンディング方式。アメリカの雰囲気が漂う、でもＪＰＯＰ盛りだくさんの、過激でポップな作品だった。主演をしていただいた植田さんは最高に面白かった。今でも頼りきっている演出助手の磯崎珠奈はこの公演からだった。

第一六回公演「Ｍジャクソンの接吻～再演」にて、長年の念願であったザ・スズナリを使わせていただけることになる。スズナリ進出を見届けて、旗揚げメンバーのサトヲ実りんが、退団。歌の道へと歩んでいった。さすがに泣いた。楽屋で泣きじゃくる自分の肩を誰かがポンと励ましてくれたのだが、未だにあれが誰だったのかわからないでいる。サトヲ実りんには感謝してもしきれない。

入れ替わるようにその後、制作でＹ川さんが入団した。そこから数年、はえぎわはＹ川さんに支えられていた。Ｙ川さんのお姉さんとは偶然昔から友人で、そのお姉さんのＭもちゃんにも激しくお世話になった。その頃のはえぎわはこのＹ川姉妹でもっていたといっても過言ではない。

この頃、シンプルに物語だけを作り込むことに興味がわきだし、「真夜中」という別企画を立ち上げる（季刊誌『真夜中』とは関係ないです）。「真夜中」では、セットもほとんど立てず、小さな空間で少人数での密な世界観をめざしている。第一回公演「エビス」（阿佐ヶ谷アルスノーヴァ）は、出演者男五人。進化をめざす男の話でした。これは少し気に入っていて、その後手がけることになるENBUゼミの卒業公演でも再演をした。ちなみに、阿佐ヶ谷アルスノーヴァはめちゃくちゃ匂いの染みついた素敵な空間だったのだけど、その後取り壊されてしまいました。残念です。

第一七回公演「スカタン、或いは」（ザ・スズナリ）に出演いただいた杉浦さんには随分とお世話になった。彼女のプロデュース公演において、「欲望という名の電車」や「王女メディア」などの、滅多にやれない名作の演出をやらせていただいた。かなり貴重な経験となった。この「スカタン、或いは」を最後に、いわゆる脱ぐという行為をパタとやめた。肌の露出に関して思うところが出てきたのだった。そんな脱ぎの最後を締めくくったのは、鈴真紀史で、全裸になってもらった。やらせておきながら、ちょっとショックだったのかもしれない。以降誰も脱がせていない。劇団員募集オーディションで受かった川上友里、鳥島明の初参加作品。舞台監督の田中翼くんもこの頃からだっただろうか。

第一八回「バター〜サイドAのノリ、サイドBの反り〜」（ザ・スズナリ）は、結構好きな作品で、町の復興に奮闘する兄弟とそこに現れた生みの母親の話でした。この頃から、僕の好みは、シンプルな方へと向いていった。舞台美術も徐々にシンプルになっていった。あ、滝が脱いでいた……。でも股間は隠してたし。脱ぎの最後は滝でした……。

第一九回公演「勝、新」（ザ・スズナリ）も、美術はシンプルだったのだけど、話の構造が二重三重で複雑すぎた反省が残る。自分探しをするヤクザの話。つかみは悪くなかった気がするのだけど。客演のＩけしんさんも最高だった。

第二〇回公演「寿、命。ぴよ」（ザ・スズナリ）。図らずも、はえぎわの支柱、カオティックコスモスの最後の出演作となった。コスモスは本当にコアなファンが多く、たくさんの玄人がコスモスに惚れ込んでいた。このような怪優が本当に減ってきている。役者として煮詰まったときは、コスさんならどうするだろう？　とよく考える。惜しい。実に惜しい。コスモスは主に小道具担当で、そのスキルも相当なものだった。たいていウィダーインのパックさえあればなんでも作り上げていた。そんな怪優コスモスは、今、古本屋で元気に働いています。コスさん本当にどうもありがとう。僕らは未だにあなたの真似をしています。

と言いつつ、先日、コスモスと「最後の出演作は『コトブキ』だったんだね〜」などと話していたら、「いや、実際は、『鳥ト踊る』なんだよね……」と言うのだ。そう、真夜中の第二回公演「鳥ト踊る」（不思議地底窟・青の奇蹟。二〇一一年にこまばアゴラ劇場にて真夜中第三回公演として正式上演）という、なかなか珠玉の二人芝居があって、若手の踊り子ありと鳥島明に活躍の場をと作った作品だったのだけど、その最後のほうのシーンで少しだけ出て来る人物がいて、それを四人の劇団員に代わる代わる演じてもらっていた。その一回をコスモスにもやってもらったわけで……、なんともかんとも、コスモスの長い俳優人生は、そんなちょい役で最後となってしまったのだった。

終わり方も怪。なんともコスさんらしい。

あと、「寿、命。ぴよ」でよく覚えているのが、あまりに書けなくて泣いたこと。夜の246をふらふら、涙だらだら。行き交う車のネオンが涙でとってもきれいに見えて、そうしたらなんだかすっきりして、ちょっと書けた。書けなくて泣いたのは初めてだったし、泣くこと自体ほとんどないので驚いた。あと、この公演から、Lジャイアンツさんという制作チームにお世話になり、チラシデザイン（この本の装幀も）の康さんもこの公演からとなる。

第二一回公演「春々」（ザ・スズナリ）において、岸田國士戯曲賞に初めてノミネートされた。ここまで随分かかったものだし、自分の作風からして戯曲賞とは無縁だと思い込んでいたので驚いた。家族の再生に奮闘する男の話であった。マイクで演出をする声が入る（この作品では、男の声が家族を演出していく）という手法は気に入って、その後もたまに用いている。この公演では、久々に出演者オーディションを行い、それで受かった中に、新人劇団員の富川一人と山口航太がいた。

第二二回公演「ガラパコスパコス」（こまばアゴラ劇場）。久々のスズナリ以外での本公演となる。老いと進化について模索した作品。この年から行っていた高齢者施設巡回公演での体験も大きく影響している（はえぎわとは関係ないのだけど、毎年十数カ所、世田谷区の高齢者施設にてお芝居をしています）。この作品はかなりの好評をいただき、その後、広島の地で広島の方々と再演することとなる。

笠木泉さんもこの公演からの参加となる。

そして、チョークと描ける壁さえあればできる演劇の初見参でもあった。小道具というものに若干絶望をし、身体だけでなんとか居れないかともやもやとしていた稽古のある日、ふとチョークで描く案が浮かんだ。書くという行為は予想以上に身体的で、書く人間や状態などによって、全然違う空気が生まれる。線一本にしても人間性や感情などがものすごく表れるのだ。

チョーク芝居への興味は、当然一回の公演だけでは満たされることはなく、「○○トアル風景」に引き継がれていく形となった。

「○○トアル風景」を書くに際して、さまざまな体験が背景にあったといえる。

作中の「父」「母」のエピソードは、数年前にアジア舞台芸術祭にてご一緒したセイルさんから聞いたお話がずっと心に残っていて、そこから派生させた部分が結構あった。セイルさんどうもありがとう。

また、父親、母親と、初めて三人で旅行をした。旅行というか、父親の故郷（自分の本籍地でもあるのだが）鹿児島にて、記憶に薄い親戚にたくさん会い、記憶がおぼろげになってしまった祖母に会い、亡くなってから五年ほど一度も会えずにいた祖父のお墓にもようやく行けた。野添という名前のルーツ、自分のルーツを辿るような旅だった。転勤族で、いわゆる〝小さい頃から生まれ育った故郷〟のような地がない僕にとっては、とても大きな出来事だった。そしてその旅に、近年あまり一緒にいなかった、若干老いつつある両親も一緒だったことは大きかった。

また、東日本大震災。気持ちは作品に反映しました。

震災で亡くなられた方々にご冥福をお祈り申し上げました。

復興に際していらっしゃる方々にエールを送ります。

また、この年に旦那さんを急に亡くされた、相方の祖母・貴美代お婆ちゃんから聞いたお話も印象的で忘れられない。貴美代お婆ちゃんのお話は、作中の老婆の台詞として、ほぼまんま使わせていただいている。貴美代お婆ちゃんどうもありがとう。この場をお借りして、宮崎了さんのご冥福をお祈り申し上げます。


こうして振り返ると、本当に紆余曲折どころではないほどのさまざまな作品を書いてきたように思う。今後もどんな体験をして、どんなものが自分の中から生まれてくるのか、楽しみでしょうがない。安住だけはしまい。探索の放浪をこの先も続ける。

随分、長い文となってしまいました。

このたびは岸田國士戯曲賞をいただきましたことに心より感謝を申し上げます。

これに際して、これまでにどれだけたくさんのお客さん、スタッフさん、お手伝いさん、キャストさん、劇場さん、友人、親類に支えられてきたかを振り返って実感して整理したかったのです。まだ実感しきれていません。振り返りきれていません。感謝しきれていません。つくづく、本当につくづく、僕一人の力なんてミジンコだなあってことだけ、つくづく実感できました。

私事ですが、たくさんの苦労をかけ、たくさんの支えをもらっている、劇団員、両親、兄、相方。心より感謝です。

出版に際して（そういえば私、本を出すの、恥ずかしながら初めてでした）ご尽力いただきました、白水社の和久田さん、阿部さん、この場をお借りしてお礼を申し上げます。

文中に書ききれなかったたくさんの方々——ちっちさん、田畑くん、いのくちさん、もんち、キョウコさん、稲田さん、梅澤さん、高野くん、植木くん、斧くん、伊藤さん、はじめくん、南美さん、瀬川さん、鈴木茂之くん、卜部さん、横尾くん、ようちゃん、宮本くん、樹くん、川越くん、平林さん、望月さん、ちっしー、広報森さん、島田さん、岡崎さん、徳永さん、本吉さん、三重さん、川添さん、しまぱん、清水克晋くん、華生瑠さん、戸田ちゃん、奈月さん、洲崎さん、サメちゃん、そまやさん、松下さん、斉田さん、清沢さん、小野さん、小金井さん、宮崎さん、よっしー、井上直美さん、佐々木孝憲さん、田上さん、井川さん、志水さん、澤木くん、四方ちゃん、谷川くん、大堀さん、大二郎さん、水越さん、茶木さん、鶴田くん、久賀さん、金子さん、松田アキさん、ながっちゃん、たっぺい、Qちゃん、ヨタさん、直美さん、有為子さん、長田さん、周平くん、ふじたく、成川くん、松本さん、景くん、岩佐さん、鵜沼さん、よねくん、まゆまゆ、貫ちゃん、中山さん、玉置さん、ぼくもとさん、岸さん、真弓さん、京さん、粕谷、珠里さん、森川さん、イニキ、太田さん、裕美さん、せっちゃん、塩塚さん、萩尾さん、まっきー、五郎くん、山田くん、野村貴志さん・昌子さん、フラッシュアーアー組、春々組、岸建さん、新田さん、ゆりさん、梓さん、高田、しりあがりさん、横浜監督、吉田監督、宮城さん、美礼さん、ヒロキさん、宮沢さん、やす、とべち、しんやさん、加藤くん、青学劇研、葉山さん、松栄さん、柚木さん、後藤さん、廣田さん、山田さん、昭子さん、小川さん……and more and more and more and more……。

本当にどうもありがとうございました。

今後も何卒宜しくお願いいたします。

ノゾエ征爾

お父さんへ
またゆっくり
通行
TV

冒頭　男と女
［左より］竹口龍茶、鈴真紀史

唄いながら一気に壁に描き始める。

怒号と共に激しいドッヂボール戦争が繰り広げられる。

工場長 「お願いだ……光を見つけてくれー……！ くすんでいる若者を見るのはコリゴリだー……！」
［左より］富川一人、鳥島明

父　「お父さんがいて、お母さんがいて、お前がいる。それだけでとても素晴らしいことなんだよ。男と女が出会って、命が誕生する。素晴らしいことなんだよ。君が生まれた時、お父さんもお母さんも、それはそれは歓迎したということを忘れないで欲しい」
［左より］ノゾエ征爾、滝寛式

必死に走るジョギングの続かない女。
川上友里

男（うなだれて）「ああ〜……どう生きればいいかわからん……」
［左より］町田水城、富川一人

男「お母さん」 母「ん」 男「人って、変われる？」
［左より］町田水城、笠木泉、富川一人

ジョギングの続かない女「サンシャイン？　私、サンシャイン？」
［舞台奥］川上友里

ただ静かに向き合う男と女。やがて、男たち女たちは、共に清掃を始める。

舞台写真…梅澤美幸

上演記録

はえぎわ第23回公演

◯◯トアル風景

公演日程…2011年7月6日(水)〜7月11日(月)　全9ステージ
(東京・下北沢 ザ・スズナリ)

作・演出

ノゾエ征爾

出演

井内ミワク　町田水城　鈴真紀史　滝寛式　竹口龍茶　川上友里
鳥島明　富川一人　山口航太　ノゾエ征爾(以上はえぎわ)
金珠代　師岡広明
笠木泉

スタッフ

舞台監督…田中翼
舞台美術…稲田美智子
音響…井上直裕　澤木正行(atSound)
照明…伊藤孝(ARTCORE)
衣装…セオキョウコ(bodyscape theatre)
チラシ美術…康舜香
チラシ写真…ノゾエ征爾
舞台写真…梅澤美幸
ドラマターグ…斎藤拓(青年団)
演出助手…磯崎珠奈、萩野肇
制作…Little giants
企画・製作…劇団はえぎわ
協力…エースエージェント、エスアーティスト、krei inc.、MY Promotion

著者略歴
ノゾエ征爾（のぞえ・せいじ）
脚本家、演出家、俳優。劇団はえぎわ主宰。八歳までアメリカで過ごし、日米七校の小学校を転々とする。大学からおもむろに演劇を始め、青山学院大学在学中の一九九九年に「はえぎわ」を始動。ユーモア溢れる独自の視点で、役者や空間を活かす豊かな作風が魅力。近年は、海外戯曲の演出や高齢者施設での巡回公演、地方での演劇創作のほか、映像など多分野にわたって活動の幅を広げている。
主要作品
「鳥ト踊る」「寿、命。ぴよ」「春々」「ガラパコスパコス」ほか。

○○トアル風景

二〇一二年四月二〇日　印刷
二〇一二年五月一〇日　発行

著者 © ノゾエ征爾
発行者　及川直志
印刷所　株式会社理想社
発行所　株式会社白水社
東京都千代田区神田小川町三の二四
電話　営業部〇三（三二九一）七八一一
　　　編集部〇三（三二九一）七八二一
振替　〇〇一九〇-五-三三二二八
郵便番号　一〇一-〇〇五二
http://www.hakusuisha.co.jp
乱丁・落丁本は、送料小社負担にてお取り替えいたします。

誠製本株式会社

ISBN978-4-560-08220-1

Printed in Japan

JASRAC 出 1203476-201